4

BASTEI LÜBBE

Mit *Mord im Straßengraben* liegt der neunte Band der zwölfteiligen Krimi-Serie des renommierten dänischen Autors Dan Turèll auf Deutsch vor. Seine Romane gelten zu Recht als »Klassiker der Kriminalliteratur«.

Bisher sind bei *Bastei Lübbe Taschenbücher* erschienen: MORD IM DUNKELN (14959), MORD AUF MALTA (15106), MORD AM RONDELL (15177), MORD IM MÄRZ (15286) und MORD IN DER DÄMMERUNG (15479) und MORD IM WASCHSALON (15526).

Über den Autor:
Dan Turèll, geboren 1946, war Schriftsteller und Journalist. Er hat sich in Dänemark zur Kultfigur entwickelt. »Onkel Danny« hat ein riesiges Œuvre aufzuweisen. Die Krimi-Serie über den namenlosen Journalisten brachte ihm den Durchbruch. Mit viel Ironie, schwarzem Humor und Gespür für die dänische Seele hat er dem Land seinen ersten klassischen »Privatschnüffler« geschenkt und die amerikanische Tradition des Genres kongenial ins Dänische verpflanzt.

»Dan Turèll ist:
der Lou Reed des Kriminalromans,
der Charlie Parker des Kriminalromans,
der Baudelaire des Kriminalromans.«
Kvällsposten

Dan Turèll

MORD IM STRASSENGRABEN

Kopenhagen-Krimi

Ins Deutsche übertragen von
Ingrid Glienke

BASTEI
LÜBBE

BASTEI LÜBBE TASCHENBUCH
Band 15 630

1. Auflage: Februar 2007

Vollständige Taschenbuchausgabe

Bastei Lübbe Taschenbücher in der Verlagsgruppe Lübbe

Die dänische Originalausgabe erschien 1986
unter dem Titel *Mord i Rendestenen* im Borgens Forlag, Kopenhagen.
Published by agreement with Leonardt & Høier Literary Agency aps,
København.

Textredaktion: Thorsten Alms
Umschlaggestaltung: Bianca Sebastia
Satz: SatzKonzept, Düsseldorf
Druck und Verarbeitung: GGP Media GmbH, Pößneck
Printed in Germany
ISBN-13: 978-3-404-15630-6

Vorbemerkung:

Personen, Schauplätze und Orte werden in diesem unglaubwürdigen Roman ausschließlich nach der erbärmlichen, schwer zu bändigen Phantasie des Autors verwendet. Einfacher gesagt: Nichts vom Inhalt dieses Buches besitzt eine Grundlage in der Wirklichkeit. Nichts!

D. T.

– I will tell you about it. The sky is as thin as paper. The whole place could go up in ten minutes. That's the charm of Los Angeles.

William S. Burroughs, Gespräch 1981

Erster Teil

1

Es war Februar. Ein noch ziemlich neues Jahr, das vierzigste, das ich persönlich in Augenschein nahm, hatte begonnen, sich durch die Speisenfolge des Kalenders zu arbeiten. Heute Abend stand Schnee auf der Karte, und es war großzügig aufgetischt. Der Schnee türmte sich entlang der Gehsteige, die sofort wieder zuschneiten, sobald sie geräumt waren. Dichte Flocken stoben über Straßen und Menschen, und ein Wind sorgte mit kräftigen Lungen dafür, dass sie etwas zu sehen bekamen, bevor sie sich niederlassen durften. Die Leute gingen langsam, Schritt für Schritt, und blieben immer wieder stehen, um ihre Brillen zu putzen oder den Schnee von Mänteln und Mützen zu schütteln.

Nicht dass viele auf der Straße waren. Es war einer dieser Abende, an denen jeder vernünftige Mensch zu Hause blieb, bei Kaffee oder Tee den Fernseher einschaltete, ein Buch las oder Schallplatten auflegte. Die Straßen waren fast leer. Nur hier und da bot ein einzelner Idiot trotzig wankend dem Wetter die Stirn.

Einer von denen war ich. Aber ich hatte einen guten Grund: Das Wetter entsprach vollständig meiner Stimmung. Ab und zu versetzte ich – wie ein Kind – dem Schnee einen Fußtritt, nur damit der wusste, was Sache war.

Sache war – wie es in den Frauenzeitschriften hieß –, dass es in meiner Beziehung kriselte. Einfacher gesagt: Gitte hatte mich rausgeschmissen.

Nicht für immer, Gott bewahre. Aber sie hatte »das Bedürfnis nachzudenken«. Jedenfalls für ein paar Tage.

Was sagt man in so einem Fall? Man sagt gar nichts. Man nimmt Hut und Mantel und geht – raus in den Schnee. Man knallt nicht einmal die Tür. Meistens kann die Tür nichts dafür, wenn so etwas passiert.

Ganz sicher konnte auch der Schnee nichts dafür, aber an irgendwem oder -was musste man sich ja abreagieren. Man kann auch *zu* viele Skrupel haben.

Ich stapfte durch den Schnee. Die Istedgade rauf, die Istedgade runter und wieder die Istedgade rauf. Unterwegs kam ich dreimal an meinem Haus vorbei und schickte einen höhnischen Blick hinauf, um meiner Wohnung kurz mitzuteilen, dass sie sich nicht zu früh freuen sollte. Der Abend war noch nicht zu Ende.

Zweimal war ich fast so weit, zu Gitte zurückzugehen. Zweimal riss ich mich zusammen.

Beim dritten Mal ging ich ins Stjernecafé.

Wie oft ich schon die schwere Tür dieser heruntergekommenen Spelunke geöffnet habe, weiß Gott allein – aber der hat wahrscheinlich zu viel mit den Spatzen zu tun, die vom Himmel fallen, und ähnlichen Problemen. Oft jedenfalls. Sicher öfter als Er für gut befände, wenn es denn stimmte, was man über Ihn und Seine Ansichten sagt.

Stimmen, Flaschenklirren und Würfelspiel sorgten gemeinschaftlich für Lärm, der von der Ragtime-Musik eines Tonbandgerätes verstärkt wurde. Im Team mit dem gelblichen Licht und den aufsteigenden Tabakschwaden machten die Geräusche aus der simplen, wohlbekannten Kneipe einen surrealen Film. Zweifelsohne gab es in diesem Film noch eine Gastrolle für einen weiteren Schauspieler.

So war das Stjernecafé jetzt schon seit fast einem Monat. Der Barkeeper Bob hatte sich plötzlich für Ragtime begeistert und seitdem pausenlos Ragtime gespielt, wann immer er Dienst hatte. Also liefen diese verschlissenen alten *Rags* fast rund um die Uhr und niemand schien Notiz davon zu nehmen – bis auf Bob, der allem Anschein nach angefangen hatte, im Rhythmus der Musik zu arbeiten, und dadurch doppelt so schnell servierte.

»Gibt's ein Problem?«, fragte er, sobald ich die Theke erreicht hatte.

Ein guter Barkeeper ist immer ein guter Psychologe.

»Ach – nur etwas viel los.«

»Bei der Zeitung? Oder geht es um deinen lieben kleinen Nymphen-Sittich?«

»Der Vogel mag nicht mehr im Käfig sitzen.«

»Dann brauchst du ein Porter.«

»Wie Recht du hast, ölt im Winter die Kehle.«

Ich verzog mich an einen Tisch am Fenster, sodass ich nach draußen auf den Schnee starren konnte. Es gab nicht viel anderes zu sehen.

Auch der Schnee schien sich jetzt im Ragtime-Rhythmus zu bewegen.

Merkwürdige Musik, dachte ich. Sie ist schnell, forsch, ein munteres Geklimper – und trotzdem stimmt sie einen in erster Linie melancholisch, und man kann gar nichts dagegen machen, wie in einem Dick-und-Doof-Film, wo man am Ende noch eine Träne vergießt, weil die Welt so schlecht ist.

Es war jetzt um Mitternacht herum. Gerade die Zeit, wo ich meistens nach Hause zu Gitte ging.

Draußen in der Nacht leuchteten die Schneeflocken auf.

Irgendwie war es albern und hundsgemein, aber ich fühlte mich plötzlich ganz allein auf der Welt. Als ob ich nicht die meiste Zeit meines Lebens allein gewesen wäre. Als ob ich es nicht gewohnt wäre. Als ob ich nicht jahrelang behauptet hätte, dass es mir sogar besser gefiele. Als ob ich nicht über eine eigene Wohnung verfügte. Als …

Mein Hirn lief weiter auf Hochtouren, so sehr ich mich auch bemühte, es abzuwürgen. Manchmal kann ein Hirn, so praktisch es ansonsten ist, verdammt irritierend sein.

Nach einigen Runden wurde es etwas besser. Nur etwas.

Dann bekam ich Gesellschaft am Tisch. »Schneeflöckchen, Weißröckchen …«, summte eine muntere Stimme vor mir.

Es war mein Freund, der Volksliedsänger, der Hübsche Jørgen aus der Saxogade. Der Hübsche war nicht allein. Er hatte ein Mädchen dabei.

Anne.

Auch Anne wohnt hier im Viertel. Sie und ich, wir waren einmal – was jetzt in grauer Vorzeit zu liegen schien – »miteinander gegangen«, wie man so schön sagt. Einige Monate lang, nicht länger – eines dieser Verhältnisse, die auf allgemeiner Sympathie basieren (was eigentlich gar nicht so wenig ist), auf praktischen Erwägungen und keinen allzu großen Erwartungen. Es war schön, solange es andauerte. Es war sogar schön zu Ende gegangen, ohne Zank und Streit oder von mir aus »Ruhe und Frieden, um nachzudenken«. Die Beziehung geriet nur ins Schlingern, hörte mit einem Schlag auf und endete im Nichts. Und das war's. Und nichts weiter.

Wie ein Ragtime übrigens.

Sie setzten sich.

»Sing ihm was vor, Hübscher!«, frotzelte Anne, während sie den Schnee aus ihrem roten Haar schüttelte. »Ich weiß, was los ist, wenn er so guckt. Es geht ihm ganz schlecht.«

»Hmmm …«, fing ich an.

»Oje, aber wirklich. Ist sie weg?«

»Wer?«

»Dein schwarzhaariges Anwalts-Püppchen natürlich. Glaubst du, ich weiß das nicht? Glaubst du nicht, jeder im Viertel weiß, wen du dir gerade geangelt hast. Sie ist übrigens ein richtiges Edelmodell.«

»So wie du auch.«

»Danke. Ich liebe deine spontanen Komplimente.«

Der Hübsche sah nicht danach aus, als verstünde er ganz, um was es ging, machte sich aber dafür nützlich und rief Bob an den Tisch. Der Hübsche konnte nicht wissen, dass wir gerade zu unserem alten Ton zurückfanden. Ihm war es anscheinend entgangen, dass wir einmal zusammen waren. Er hatte etwas sehr Weltfremdes an sich, der Hübsche.

Anne – dagegen nicht.

Sie startete sofort – gleich wieder ganz die Alte! – die Operation »Aufmunterung des Patienten«.

Sie erzählte kurze Anekdoten über ihre Mitbewohner in der Abel Cathrines Gade und ihre tägliche Arbeit bei Vesterbro Video. Sie konnte gut erzählen. Und es dauerte nicht lange, und wir lachten alle drei – mehr oder weniger gegen den eigenen Willen. Es dauerte auch nicht lange, und wir hatten wieder ganz zum alten Ton zurückgefunden und neckten uns wie damals.

Der Hübsche, dem es – wie vielen in seiner Branche – schwerfiel, eine Unterhaltung zu führen, wenn das Gespräch sich nicht direkt um ihn drehte, lehnte sich zurück und vertiefte sich in seine Drinks (und vermutlich in seine ewigen Träume von einem grandiosen universellen Comeback), während wir frotzelten. Zwischendurch summte er ein paar Strophen – gleichsam um zu zeigen, dass er auch noch da war.

Weitere Runden wurden ausgeschenkt. Ich bestellte zwar, aber meine Stimme klang, als käme sie von ganz woanders her. Das Merkwürdige war, dass keiner der anderen zu bemerken schien, dass meine Stimmbänder ihre Lage gewechselt hatten.

Leute kamen und gingen im Stjernecafé, der Ragtime lief weiter, und wir blieben sitzen wie auf einer einsamen Insel. Wenn Anne in dieser Drinks- und Quassellaune war, konnte sie die ganze Nacht lang weitermachen. Das fand ich immer gut – damals, als ich es selbst noch konnte.

»Überhaupt nicht deine Welt«, sagte Anne. Nun war auch ihre Stimme höher geworden, mitten in einer psychologischen Darstellung meines Charakters. »Das bist gar nicht *du*! Eine Rechtsanwältin! Ich hab mir schon die ganze Zeit gesagt, dass das nie gut gehen wird.«

»Du redest zu viel mit dir selbst.«

»Ich rede mit dir, du Trottel. Du bist so ein Träumer.«

»Träume sind schön«, warf der Volksliedsänger ein. »Träume sind das Beste im Leben!«

Da sprach ein Experte. Vielleicht hatte er Recht. Ich weiß es nicht.

Aber der Abend endete damit, dass ich – nach noch ein paar Runden und nachdem Bob die Musik und das Licht ausgeschaltet hatte – nach Hause ging: mit Anne.

Ohne den Hübschen.

2

Das jedenfalls war die Absicht, aber so weit kamen wir nicht. An Kneipen, Bordellen, Hotels, Sex-Kinos und geschlossenen kleinen Läden vorbei waren wir durch die Istedgade gegangen und in die Abel Cathrines Gade eingebogen. Um nicht allzu sehr zu schwanken, stützten wir uns gegenseitig.

Als plötzlich ein scharfer Lichtstrahl aus einem dunklen Hauseingang kam, der Knall einer Pistole durch die stille, menschenleere Straße schallte – und Anne in meinen Armen zusammensank.

Ich verlor den Halt auf dem glatten Bürgersteig, und wir fielen beide zu Boden. Ein zweiter Schuss jagte über unsere Köpfe hinweg.

Auf allen vieren kriechend gelang es mir, Anne in einen geschützten Hauseingang zu ziehen. Erst dort kam ich allmählich wieder zu Atem in der frostklaren Luft.

»Bist du verletzt?«, fragte ich.

Sie antwortete nicht. Sie glitt mir nur wieder aus den Armen und auf den Boden.

Ich wagte es nicht, das Licht im Eingang einzuschalten. Falls der, der auf uns schoss, immer noch in *seinem* Türeingang auf der anderen Straßenseite stand, würden wir selbst für einen Anfänger ein sicheres Ziel abgeben.

Ich schob Anne so sanft wie möglich hinter mich, sodass ich vor ihr stand – und vor eventuellen Kugeln. Die Eingangstür hatte ein verantwortungsvoller Mitbürger abgeschlossen.

In dieser Position warteten wir eine Viertelstunde. Es blieb uns kaum etwas anderes übrig.

Nichts passierte.

Ich riskierte es, ein Streichholz anzuzünden, um Anne genauer anzusehen.

Sie rührte sich nicht. Sie war offenkundig bewusstlos. An ihrer Schulter sah ich Blut, das schon durch den Mantel gesickert war.

Wie sie so dalag vor dem Eingang im schmuddeligen Schnee, sah sie unglaublich klein und zart aus.

Als ob es ihr genützt hätte, wenn sie groß und feist gewesen wäre!

Sie brauchte Hilfe – sofort.

Aber losrennen und Hilfe holen ist so eine Sache, wenn womöglich ein völlig nüchterner, sein Handwerk beherrschender Lustmörder mit dem Finger am Abzug nur darauf wartet, dass man auftaucht und Zielscheibe spielt.

Jetzt näherten sich Schritte, und ein großer, schlanker Mann ging auf unserer Seite am Hauseingang vorbei. Ich fasste ihn am Arm und bat ihn, mit anzupacken. Ich zeigte auf Anne.

Der Mann sagte überhaupt nichts. Er war sofort verschwunden. Er jagte die Straße entlang und um die Ecke.

Hier im Viertel mischt man sich nicht ein. Man weiß nie, was noch passiert.

Niemand macht das. Ich wusste auch nicht, was mit Anne passieren würde. Ich bin kein Arzt. Ich konnte nicht wissen, wie gefährlich ihre Verletzung war. Ich konnte auch ihren Blutverlust nicht einschätzen.

Es wäre die reinste Spekulation, und das brachte im Moment gar nichts. Ich richtete sie halb auf, rieb ihr etwas Schnee ins Gesicht, den saubersten, den ich finden konnte, aber es half nichts.

Dann hob ich sie hoch und trug sie über beide Arme ausgestreckt, fast wie ein Brett. Wenn der Pistolenschütze noch da war, käme jetzt seine Chance. Es war ein Geschenk, das reinste Sonderangebot. Er konnte uns beide zum halben Preis ergattern.

Anscheinend war er nicht mehr da.

Unendlich langsam, um nicht auf dem Eis zu stolpern oder auszurutschen, trug ich Anne durch die Abel Cathrines Gade zurück, jeden Augenblick mit einem Schuss in den Rücken rechnend. Einige Hauseingänge lagen noch vor mir.

Ich suchte nach einem rettenden Licht. Ein Licht, das bedeutete, dass noch jemand wach war – was wiederum ein Telefon und einen Krankenwagen bedeutete.

Hundert Meter vor mir kam das Licht. Es war natürlich eine Kneipe. Wenn hier im Viertel ein Licht brennt, kann man getrost davon ausgehen, dass es eine Kneipe ist.

Selbst in einer Kneipe, die durchgehend geöffnet ist, selbst hier im Viertel, ließ es sich nicht vermeiden, dass ein Mann mit einem ausgestreckten Mädchen in den Armen ein gewisses Interesse erweckte.

Ein kleiner, vierschrötiger Barkeeper kam sofort auf uns zu.

»Von so was wollen wir hier gar nichts wissen!«, sagte er.

Er sagte nicht, was er mit »so was« meinte.

Ich erklärte ihm kurz, was passiert war, sagte, dass wir einen Krankenwagen und die Polizei brauchten, und machte ihn sanft, aber deutlich darauf aufmerksam, dass es ganz einfach seine Bürgerpflicht sei, zu helfen. Ich musste noch deutlicher werden und andeuten, dass er seine Lizenz verlieren könne, wenn er es ablehnte.

Was übrigens nicht ganz gelogen war, und das wusste er.

»Ich ruf ja schon an«, sagte er. »Nur einen Augenblick.«

Während ich Anne auf das einzige freie Sofa des Etablissements legte und es ihr mit ein paar Kissen so gemütlich wie möglich zu machen versuchte (absolut nicht meine Stärke), ging der Barkeeper zu einigen Gästen hinüber, zu zwei Männern, die allein an einem kleinen Tisch in einer dunklen Ecke saßen und sich in gedämpftem Ton zu unterhalten schienen.

Sie warfen einen einzigen Blick auf Anne. Dann erhoben sie sich und gingen – ohne zu bezahlen.

Wahrscheinlich wurden sie gesucht.

Ein fürsorglicher und aufmerksamer Barkeeper.

Ich versuchte es immer noch mit künstlicher Beatmung, als der Krankenwagen heranheulte. Auch darin war ich kein Weltmeister. Ich fühlte mich mindestens zehn Kilogramm leichter, nachdem ich Anne in professionelle Hände übergeben hatte. Gehen Sie immer zum Fachmann, wie man beim Bladet sagt.

Man sagt es übrigens auch in den Gangster-Kreisen der Istedgade, also muss es eine weit verbreitete Meinung sein.

Während ich auf die Polizei wartete, trank ich einen Whisky, den der Barkeeper lustlos servierte, als wäre er immer noch gekränkt über mein Betragen, als wäre es unanständig und gegen jede Etikette, halbtote Frauen in anständige Kneipen zu schleppen. Nicht gesund fürs Geschäft.

Ich dachte nach, so gut ich konnte. Ich war mittlerweile ziemlich nüchtern geworden. Nichts ist so gut wie ein kleiner Mordversuch, um seinen Rausch loszuwerden.

Es gab drei Möglichkeiten.

Eine war, dass irgendjemand es auf Anne abgesehen hatte.

Die zweite war, dass irgendjemand es auf mich abgesehen

hatte. So nah und schwankend wie wir nebeneinander gingen, hätte jeder ein oder zwei Zentimeter daneben treffen können.

Die dritte Möglichkeit war, dass irgendjemand es nur auf irgendjemand abgesehen hatte. Einfach auf den einen oder anderen.

Und doch, das deckte nicht alle Möglichkeiten. Es gab auf jeden Fall noch eine: dass es ein Irrtum war. Dass der Heckenschütze uns für zwei andere gehalten hatte.

Das führte zu nichts. Zu nichts anderem als noch einem Whisky.

Dann kam die Polizei.

Ich hatte Glück. »Die Polizei« kann wer auch immer sein, auch der unmöglichste Bezirkstrottel, aber »die Polizei« war an diesem Abend, an dieser Stelle, der hochgewachsene, schlanke junge Kaspersen, Polizeiinspektor Ehlers' rechte Hand und sein Liebling. Kaspersen und ich kennen einander und haben einen gemeinsamen Freund – nämlich Ehlers. Ein großer Vorteil.

Ich lieferte ihm meinen Bericht – so kurz wie er war –, und wir gingen nach draußen, um uns den Tatort anzusehen.

In dem Hauseingang, in dem Anne und ich gestanden hatten, schalteten wir das Licht ein. Es gab Blutspuren im Schnee, wo sie gelegen hatte. Die Spuren mischten sich langsam mit dem Dreck. In wenigen Stunden, wenn die Bewohner des Hauses aufstanden, würden die Spuren nicht mehr zu unterscheiden sein von der ganz gewöhnlichen trostlosen Alltagsschweinerei.

Wir gingen auf die andere Seite zum Hauseingang, in dem der Schütze höchstwahrscheinlich gestanden hatte. Es war nichts zu sehen, nichts anderes als Fußabdrücke im Schnee. Von denen gab es jede Menge.

»Hm«, sagte Kaspersen. »Was hattest du eigentlich hier verloren mitten in der Nacht?«

»Ich wollte sie nach Hause begleiten«, sagte ich würdevoll. »Sie hatte drüben im Stjernecafé ein paar Gläser zu viel getrunken, und ich wollte nur sicher sein, dass sie auch gut nach Haus kommt. Man ist eben ein *Gentleman.*«

»Ist man das?«, fragte Kaspersen.

Sein Tonfall gefiel mir nicht.

»Wie gut kanntest – oder kennst – du sie?«

»Nicht besonders gut – nicht mehr. Wir waren einmal näher befreundet – vor einigen Jahren. Ich habe sie zufällig heute Abend getroffen.«

»Zufällig?«

»Das sage ich doch.«

»Hast du Zeugen?«

»Das halbe Stjernecafé – speziell der Hübsche Jørgen.«

»O. k., o. k. Reg dich nicht auf. Du weißt ja genau, warum ich frage, oder?«

»Schon klar, wenn ein fremder Bulle gekommen wäre, hätte er dieselbe Frage gestellt – und noch einige mehr.«

»Genau. Gleichheit vor dem Gesetz.«

»Aber wenn *ich* sie los sein wollte, hätte ich ja wohl nicht versucht, sie zu retten – wenn ich es also getan hätte – und es gemeldet hätte.«

»Wohl nicht, nein. Na dann, bis bald. Du bekommst Bescheid, wenn es etwas Neues gibt.«

»Danke. Wiedersehen. Und grüß Ehlers!«

Es war ein graubleicher Morgen, als ich nach Hause ging. Der Schnee fiel immer noch, aber weiter oben hing der Smog schwarz und dicht über der Stadt.

Ich ging ins Bett, steif wie ein Brett (oder ein Finne) vom vielen Alkohol und der Kälte. Im Moment passte es mir ganz gut, völlig allein zu sein.

3

Ich schlief nur ein paar Stunden – wenn man es denn schlafen nennen konnte. Im Traum lief immer wieder dieselbe Szene ab: Aus einem Hauseingang wird geschossen, und Anne bricht zusammen – begleitet von Ragtime-Musik.

Es war beinahe eine Erleichterung, als das Telefon mich weckte.

Bis ich hörte, wer dran war: Chefredakteur Otzen vom Bladet.

Otzen ist kein Mann, der in Telefongesprächen mit seinen Mitarbeitern auf Schmusekurs geht und höflich nach deren Befinden fragt – noch beginnt er mit anderem zeitraubenden Geplätscher. Er kam sofort auf den Punkt. Seine Stimme donnerte durch den Telefonhörer:

»Was zum Teufel war das für eine Schießerei heute Nacht.«

»Was?«, lautete meine intelligente Frage, während ich mir alten organischen Schlaf aus den Augen rieb. »Wo zum Teufel hast du das gehört?«

»Ein Informant«, sagte Otzen knapp. »Du weißt ja, dass wir einen fünfhundert Kronen-Lappen für einen guten Tipp springen lassen. Einer der Gäste dieser Nachtspelunke, in die du deine angeschossenen Freundinnen zu schleppen pflegst, meinte, die Geschichte sei etwas für uns. Er kannte dich nicht, sonst hätte er wohl davon Abstand genommen anzurufen.«

»Woher weißt denn du, dass ich es war?«

»Von der Polizei, wenn du es genau wissen willst. Ich habe den Polizeiinspektor angerufen, und er hat es mir selbst erzählt. Vergiss bloß nicht, dass du ein Held bist. ›Unter Lebensgefahr gelang es unserem mutigen Mitarbeiter, die schwer verletzte‹ ...«

»Ist sie denn ›schwer verletzt‹?«

»Ich glaube nicht. Aber es ist dein Job, das herauszufinden.«

»Hm-m-m ...«

Ich atmete noch schwerer als gewöhnlich.

»Also, ich erwarte dich – mit der vollständigen Story – heute Abend«, sagte Otzen. »Sieh zu, dass du in die Gänge kommst!«

Er legte den Hörer auf.

Ich musterte kritisch meinen eigenen, bevor ich seinem Beispiel folgte. Als wollte ich meinem Hörer an allem die Schuld zuschieben.

Der Hörer bereute nichts. Er blieb so schwarz, wie er war, und glänzte höhnisch.

Ich fluchte, während ich mich anzog. Die Presse hatte große Macht, das wusste ich inzwischen – und hatte es oft ausgenutzt. Aber in diesem Fall passte es mir gar nicht. Es würde schwierig werden, meine eigene Rolle in dieser Geschichte zu verheimlichen. Ich war tatsächlich dort gewesen, war sogar der Mann im Mittelpunkt. Man hatte mich gesehen. Ich hatte zudem noch eine Zeugenaussage abgegeben. Ich könnte nicht einfach so tun, als wäre nichts geschehen.

Aber Gitte las auch Zeitung, und als ein Bindeglied in unserer »Beziehung« – ihr Wort – las sie auch das Bladet, sogar mit besonderer Sorgfalt – um »über meine Arbeit Bescheid zu wissen«.

Sie hätte kaum Verständnis dafür, dass ich eine junge

Frau nach Hause begleitete. Und das ausgerechnet an einem Abend, an dem sie mich vor die Tür gesetzt hat.

Natürlich könnte ich – sollte es so weit kommen – den Hübschen breitschlagen, sein Ehrenwort zu geben, dass es ein Freundschaftsdienst war. Das wäre möglich. Blieb nur die Frage, ob ein Typ wie der Hübsche in Gittes braunen Anwalts-Augen vertrauenswürdig wirken würde.

Eine Frage, die man gleich mit Nein beantworten konnte.

Es war ziemlich unglücklich gelaufen, alles in allem. Nicht nur für Anne.

Glück oder Unglück, ein Mann muss sich rasieren. Ein Mann muss Kaffee trinken, bevor er der Welt in die Augen sieht. Auch wenn die Augen so braun, weich und bodenlos sind wie Gittes.

Fluchend ging ich durch die Schneewehen zu Ronnie im Gasværksvej. Ronnie war jetzt schon seit fünf Jahren mein fester Lieferant für den Morgenkaffee.

Heute schmeckte der Kaffee zum ersten Mal nach Seife – wahrscheinlich wollte man zeigen, dass die Tassen zum ersten Mal gründlich abgewaschen waren.

Nicht zum ersten Mal fragte ich mich, weshalb das Bladet nicht einen ganz gewöhnlichen Chefredakteur haben konnte. Ein ganz gewöhnlicher Chefredakteur hätte sich überhaupt nicht mit so einem Tipp beschäftigt. Er hätte diesen Tipp vor allem schon von einem anderen Mitarbeiter entgegennehmen lassen. Und der hätte ihn dem Mitarbeiter für Kriminalfälle übergeben – also mir.

Aber Otzen hatte sich der Idee verschrieben, dass ein Chefredakteur immer mal wieder seine Nase in die journalistische Routine stecken sollte – um sich nicht allzu weit vom eigentlichen Zeitungsbetrieb zu entfernen.

Fluchen half nichts. Nicht viel jedenfalls.

Nachdem ich meine Seife runtergespült hatte, ging ich

zur Polizeiwache am Halmtorvet, um zu hören, ob es etwas Neues gab.

Ehlers saß in seinem Büro, so schwer beschäftigt, wie der normale Bürger es sich kaum von einem kommunalen Beamten vorstellen kann. Er gebrauchte beide Hände auf einmal. Die eine, um seine Pfeife zu halten, die andere, um sich den struppigen Bart zu raufen, der die Gewohnheit hatte, unaufgefordert nach allen Seiten abzustehen.

»Guten Morgen«, sagte er. »Du hast dich wohl gestern gelangweilt?«

»Hätte ich das bloß.«

»Du hättest einfach zu Hause bleiben können.«

»Da hast du wohl Recht. Das hat meine Frau auch immer gesagt,«

»Da hatte sie wohl Recht. Hättest du auf sie gehört, wäre sie sicher bei dir geblieben.«

»Wie geht's Anne?«

»Schau mal einer an – eine zufällige Bekannte, die du ›nur nach Hause begleitest‹, aber du gebrauchst den Vornamen?«

»Ich habe Kaspersen erzählt, dass wir alte Freunde sind. Ich habe nichts verheimlicht.«

»Nein, und gerade das gibt mir zu denken. Sonst pflegst du das nämlich zu tun.«

»Jetzt hör aber auf. Wie geht es ihr?«

»Sie wird es überleben – reg dich nicht auf. Dein Chefredakteur hat dasselbe gefragt.«

»Mein Chefredakteur ist verflucht neugierig und liebt es, seine Nase mit gröbster Taktlosigkeit in die Angelegenheiten anderer Leute zu stecken.«

»Ist das nicht irgendwo deine eigene Definition eines guten Journalisten? Ich habe dich nie etwas anderes machen sehen.«

Allmählich erinnerte mich das Gespräch an die Schach-Aufgaben der Zeitungen: Setzen Sie Weiß in zwei Zügen matt.

Ehlers lehnte sich zurück.

»Wie gut kennst du sie?«, fragte er und sah mir in die Augen mit einem Blick, der bedeutete, dass es jetzt ernst wurde. Gleichzeitig kultivierte er auf seiner Stirn drei neue Falten, damit ich ja nicht daran zweifeln sollte.

»Nicht sehr lange und nicht richtig – wie soll man das nennen – tief ...«, antwortete ich einfältig. »Wir sind meistens zusammen ausgegangen – oder haben uns irgendwo getroffen.«

»Eine Dame für die beschwingten Stunden des Lebens?«

»So kann man es nennen.«

»Was macht sie?«

»Sie arbeitet bei Vesterbro Video – reicht die Videofilme über den Ladentisch. Nebenbei studiert sie – falls sie es denn noch tut.«

»Was studiert sie?«

»Damals war es Architektur, aber sie kann auch gewechselt haben. Das hat sie mehrmals gemacht.«

»Labil, also?«

»Nenne es, wie du willst. Es klingt etwas netter, wenn du z. B. vielseitig interessiert sagst.«

»Auch sexuell?«

»Ich denke schon.«

»Du weißt es nicht?«

»Ich glaube, sie hat sich genommen, was sie bekommen konnte von allem, worauf sie Lust hatte. Aber ich weiß nichts Konkretes.«

»Warum nicht? Ihr wart doch ein Paar, wie du selbst sagtest?«

»Wir haben uns nicht in das Leben des anderen eingemischt – nicht auf diese Art.«

Ehlers massierte die drei zuletzt erschienenen Falten. Falls er sie weiterhin so nett behandelte und pflegte, würden sie schon noch genauso groß und tief werden wie die anderen.

»Kannst du dir irgendein Motiv vorstellen, weshalb man auf sie schießen könnte?«, fragte er.

»Nein«, antwortete ich. »Sie ist nur ein lebenshungriges junges Mädchen.«

»Lebenshungrige junge Mädchen können oft ein ziemliches Durcheinander anrichten – ohne es eigentlich zu wollen.«

»Du denkst an eine Eifersuchtsgeschichte?«

»Was sonst?«

»Es könnte auch jemand gewesen sein, der mich treffen wollte. Es könnte ein Verrückter gewesen sein.«

»Man muss nicht unbedingt ein Verrückter sein, um das zu wollen.«

»Ich hatte an zwei verschiedene Möglichkeiten gedacht. Du klingst immer mehr wie Otzen.«

Ehlers gähnte.

»In einer halben Stunde werde ich in der Klinik mit ihr reden«, sagte er. »Wenn du inzwischen eine Zigarette rauchst und etwas nachdenkst, kann ich einige Berichte durchsehen, und wir können dann zusammen dorthin fahren.«

Ich tat, wie mir gesagt. Worüber ich nachdachte war, wie Recht ich hatte: wie sehr er Otzen ähnelte. Es war nicht die Aufgabe eines Polizeiinspektors, so eine Vernehmung durchzuführen. Zu so etwas schickte man einen Assistenten.

Aber Ehlers ging es genau wie Otzen: Er wollte – wie die Kinder – selbst die Finger in den Matsch stecken.

4

In einem überdimensionierten Krankenhausbett, in einer grotesken, gigantischen Landschaft aus weißen Decken und Laken, sah Anne immer noch genauso aus wie letzte Nacht, als sie im Schnee lag: zart und zerbrechlich. Der Anblick ähnelte der Szene so sehr, dass man denken konnte, das Bettzeug wäre bloß Schnee in festerer Form.

Aber die Blutflecken waren verschwunden. Und sie konnte sprechen – wieder. Sie ergriff sofort meine Hand, als Ehlers und ich ihr Einzelzimmer betraten.

»Sie haben mir erzählt, was passiert ist«, sagte sie. »Wie lieb von dir! Du hättest einfach abhauen können.«

»Du spinnst wohl.«

»Das glaube ich nicht ... Neun von zehn hätten es getan.«

So wie sie das sagte, sah sie auf einmal zehn Jahre älter aus. Hier im Viertel altert man schnell.

»Wie geht's dir?«, lautete meine konventionelle Frage.

»Besser. Die Ärzte sagen, dass ich durch den Schock bewusstlos wurde, – nicht durch die Kugel. Ich habe etwas Blut verloren, aber in ein paar Tagen kann ich entlassen werden – mit einem Verband. Ich habe wirklich Glück gehabt – sagen sie.«

»Sagen *sie*.«

»Also, zu überleben – bei dem Abstand.«

»Wenn du das so siehst ...«

»Klar doch. Wie sonst? Ich *liebe* das Leben. Hast du mich wirklich getragen?«

»Ich konnte dich ja nicht rollen, oder? Es ging gar nicht anders.«

»Wie romantisch! Ich habe mir immer gewünscht, getragen zu werden. Am liebsten über eine Türschwelle – so dumm das auch klingt.«

Ihre grünen Augen glänzten. Es brauchte mehr als einen Mordanschlag, um Anne ihren Lebenshunger zu nehmen.

Ich stellte sie Ehlers höflich vor, und er begann mit seiner offiziellen Vernehmung, wie das Gesetz es vorschreibt.

»Würden Sie mir bitte erzählen, was Sie gestern Abend gemacht haben?«

»Sagen Sie ruhig du«, sagte Anne und lächelte ihm ins Gesicht mit ihrem charmanten schiefen Lächeln.

Anne hatte ein paar sehr vorstehende Vorderzähne, nicht unähnlich denen von Chip oder Chap. Es klingt nicht besonders anziehend, ist es aber doch. Selbst auf Ehlers' Beamtenmaske übte es seine Wirkung aus. Er setzte sich auf einen Stuhl und bemühte sich, ganz normal menschlich auszusehen.

»Was hast du gestern Abend gemacht?«

Anne lächelte wieder.

»Das ist die Art von Frage, die ich sonst nur in Kriminalromanen lese«, sagte sie. »Das ist richtig spannend. Ja, ich war auf der Arbeit – ich arbeite bei Vesterbro Video in der Istedgade – bis acht.«

»Also 20.00 Uhr?«

»Ja, dann wurde ich abgelöst.«

»Und was dann?«

»Ich bin nach Hause gegangen und habe zu Abend gegessen. Danach sah ich fern. Nach einer Stunde dachte ich, wie total idiotisch es doch ist, erst den ganzen Tag in einer Videothek zu stehen und danach zu Hause fernzusehen, sodass ich in die Stadt ging, obwohl es hundekalt war. Ich traf einen Bekannten, Jørgen Christensen heißt er ...«

»Bekannt als der Volksliedsänger Hübscher Jørgen«, warf ich ein.

»Wir gingen ins Stjernecafé und – ja, den Rest hast du sicher schon erzählt?«, sagte sie und sah zu mir herüber.

Ich nickte.

»Ja doch, ich *habe* gesagt – und entschuldige bitte, wenn ich deinen Ruf beflecke –, du hattest vielleicht ein paar Drinks zu viel, und ich wollte sicher sein, dass du heil nach Hause kommst.«

Anne hatte die seltene, aber sehr attraktive Form des Sex-Appeals, die man schnelle Auffassungsgabe nennt.

»Ja, das war lieb von dir«, sagte sie. »Oh Gott, wie gut, dass du das getan hast! Ja, ich hatte wahrscheinlich doch etwas zu tief ins Glas geschaut, Herr Polizeiinspektor – aber das ist ja wohl kein Verbrechen.«

»Wenn es das wäre«, brummte Ehlers, »müssten wir ganz Dänemark mit Stacheldraht einzäunen.«

»Mehr weiß ich nicht«, sagte Anne und schloss genüsslich die Augen, als läge sie liebend gern auf dem wohlgepolsterten Bett.

Ein Sonnenstrahl stahl sich durch das Fenster und traf ihr rotes Haar auf dem Kissen. Ein Sonnenstrahl mit Geschmack und einem Sinn für Effekte.

»Nächste Frage – und die klingt auch wie in einem Kriminalroman«, fuhr Ehlers fort. »Könnten Sie – könntest du – dir vorstellen, dass irgendjemand ein Interesse daran hätte, Sie – dich umzubringen?«

»Nein«, sagte Anne.

Und dann lachte sie.

Annes ganz besonderes Lachen. Es perlte, und ich hatte das Wort in diesem Zusammenhang vorher nie verstanden, bis ich *sie* lachen hörte. Es war, als ob man das grönländische Inlandeis schmelzen sah.

Ich konnte nicht anders, als ihr zuzulächeln.

Ehlers konnte anders. Er betonte, dass er die ganze Angelegenheit doch sehr ernst nehme.

»Ja, natürlich«, sagte sie. »Entschuldigung. Aber – aber es ist nur, weil es mir so idiotisch vorkommt, dass irgendjemand absichtlich auf mich schießen sollte. Auf mich! Leute, auf die man schießt, sind Leute, die sich hervortun, die was sind, was in Bewegung setzen – ob nun richtig oder falsch. Nicht jemand wie ich. Nicht einfach ein Mädchen, das hinter dem Ladentisch in einem Video-Verleih steht – und sonst mit nichts anderem zu tun hat.«

»Du studierst auch, habe ich gehört?«

»Ja, aber ich bin nicht so brillant, dass jemand mich aus Karriere-Neid ermorden würde. Nicht die nächsten zehn Jahre.«

Sie lachte wieder.

Im Grunde genießt sie sie ja, diese kleine Geschichte, dachte ich. Sie findet sie witzig. Sie hat wirklich etwas erlebt – noch dazu etwas Unerwartetes. Und Anne, jedenfalls die Anne, die ich kannte – liebte Kicks.

»Aber jemand hat nun einmal geschossen«, presste Ehlers sachlich zwischen zusammengebissenen Zähnen hervor.

»Ja, ich weiß«, antwortete Anne und fasste sich an die verbundene Schulter. »Ich habe Glück gehabt.«

Ein neuer Sonnenstrahl wurde von ihrem Haar angezogen. Vielleicht hatte der vorige aus dem Nähkästchen geplaudert.

Schnee und Kälte sind widerwärtig genug, aber wenn dann noch Sonnenstrahlen und Schlafmangel dazu kommen, handelt es sich um schwere Handicaps an einem nasskalten Werktag. Meine Augen fielen mir fast zu. Am liebsten hätte ich selbst in dem komfortablen, sauberen, hygienischen weißen Bett gelegen, in dem sie ruhte wie in Abrahams Schoß.

»Hast du keine Feinde?«

»Herr Polizeiinspektor«, antwortete Anne, und jetzt konnte ich an einem glucksenden Unterton in ihrer Stimme hören, dass sie ihn hochnahm, genauso wie sie mich geneckt hatte in der letzten Nacht. »Herr Polizeiinspektor, mir geht nicht gänzlich jeder Sinn für Phantasie ab – *Alice im Wunderland* ist mein Lieblingsbuch –, aber ich kann mir nicht vorstellen, dass irgendjemand mich ermorden würde, um meinen Job bei Vesterbro Video zu übernehmen. Und dieser Job ist das Einzige, was ich habe – abgesehen von einer Zweizimmerwohnung *mit* Toilette. Sicherlich ist die Wohnungsnot groß, und es ist schwer, eine Wohnung zu finden, aber …«

Anne amüsierte sich.

Ehlers erhob sich mit einem Ruck und sah aus wie ein viel beschäftigter, tatkräftiger, bedeutender Mann, der ernste Entscheidungen zu treffen hatte – ein Mann, der seine Zeit nicht einfach vergeuden konnte wie gewisse andere Spaßvögel.

War er einfach nur sauer?

»Ich kann das nur so auffassen, als dass du nicht mit der Polizei zusammenarbeiten willst«, sagte er mit autoritativer Stimme, die er sonst nur gebrauchte, wenn neue grünschnäbelige Mitarbeiter aus der Provinz zur Polizeiwache am Halmtorvet kamen.

»Lieber Herr Polizeiinspektor«, sagte Anne unbeeindruckt – so unbeeindruckt, wie nur eine Frau reden kann, die schon ihren Teil der männlichen Posen kennengelernt hat. »Ich möchte gern in jeder Hinsicht mit Ihnen zusammenarbeiten. Ich möchte gern helfen, wo ich kann. Ich weiß sehr gut, dass Sie derjenige sind, der sich abrackert, und ich bin mir sicher, dass Ihre Arbeit mindestens genauso aufreibend ist wie meine. Aber ich habe nichts, womit ich helfen könnte. Ich kann mir nichts anderes vorstellen, als dass irgendein Verrückter – wir haben eine ganze Reihe davon hier im Viertel – mit einer Pistole in einem Hauseingang stand und auf jemanden wartete, den er niederschießen konnte, und so hat er mich denn schließlich erwischt. Aber ich glaube, es hätte wer auch immer sein können, und falls ich – falls wir – einen anderen Weg nach Hause gegangen wären, dann hätte jemand anders dran glauben müssen. Oder falls ich eine Stunde früher nach Hause gegangen wäre, wäre vielleicht gar nichts geschehen. Oder ...«

»Gibt es also nichts in Ihrem«, (sagte Ehlers sehr pointiert), »Privatleben, dass Anlass geben könnte zu ...«

»Ach, ›ein verschmähter Liebhaber‹?«, lachte Anne theatralisch. »Nein, das glaube ich nicht. Ich verschmähe keine Liebhaber. Es gibt nur so wenige.«

Sie sah zu mir herüber, das Inlandeis schmolz zum zweiten Mal.

Ehlers stand wieder auf.

»Wir werden tun, was wir können, um der Sache auf den Grund zu kommen«, sagte er. »Sollte Ihnen zwischenzeitlich noch etwas einfallen, lassen Sie es mich wissen.«

Anne nickte wie ein tugendhaftes Püppchen. Ich gab ihr einen Kuss auf die Wange, und sofort kam eine Schwester herein, als ob es ein Signal gewesen wäre, auf das sie reagieren müsste, wie eine Notbremse in einem Zug.

»Was für ein Mädchen!«, sagte Ehlers im Aufzug auf dem Weg nach unten. »Was für ein Mädchen! Möchte wissen, ob meine Tochter auch mal so wird?«

5

Wir gingen zusammen zurück zum Revier – zu Fuß. Obwohl es immer noch eisig kalt war, warf die Sonne – selbst für müde, schwere Augen – einen liebenswerten Glanz über die Stadt. Sie brachte jedes einzelne Dach, jede Kupferspitze zum Funkeln und Glitzern. Sie bewies wieder einmal, dass die Stadt – in den raren Momenten, wo sie freundliche Unterstützung erfuhr – doch schön sein konnte.

»Entschuldige, aber hast du etwas, das dir fehlt?«, sagte Ehlers, als wir in die Vesterbrogade einbogen.

»Was?«, antwortete ich.

»Kannst du dich nicht an diesen Spruch erinnern? Das war einer der gängigen Witze in meiner Schulzeit. So was sagte man zueinander in den Pausen.«

»Wie kommst du gerade darauf?«

»Weil ich glaube, dass dieses Mädchen etwas hat, das ihr fehlt. Entschuldigung, ich merke schon, ich schwatze Unsinn. Was ich meine, ist, sie muss etwas wissen, das sie nicht weiß.«

»Ehlers, du hörst dich an wie ein moderner Lyriker.«

»Ich meine, sie muss etwas wissen, von dem sie selbst nicht weiß, dass sie es weiß.«

»Ehlers, gerade bist du in Die Dänische Akademie aufgenommen worden.«

»Bleib doch mal ernst.«

»Entschuldigung, aber glaubst du etwa, sie trägt tiefe, weltbewegende Geheimnisse mit sich herum?«

»Warum nicht? Sie ist gar nicht so ohne. Und Vesterbro

Video ist zwar nur ein einfacher Verleih – aber das Geschäft ist auch ein ungemein zentraler und bequemer Treffpunkt. Mitten im harten Viertel. Mit langen Öffnungszeiten.«

»Tja ...«

»Auf jeden Fall lohnt es, da einmal hinzugucken – wenn auch nur als therapeutische Maßnahme. Dir kann ich es ja sagen – und ich meine es auch: Zurzeit haben wir nicht so verdammt viel zu tun. Ich weiß nicht, ob es nur am Wetter liegt oder an der Neujahrs-Depression, aber alles steht still. Die Verbrecher schlafen einfach! Die Einbruchstatistiken sind seit Dezember um die Hälfte zurückgegangen, Gewaltverbrechen werden immer weniger, und in diesem Jahr hat es hier im Revier noch keinen Mord gegeben. Es wird noch so weit kommen, dass wir alle durch die Straßen ziehen, um Falschparker aufzuschreiben, nur damit wir etwas zu tun haben.«

»Seit ich dich kenne, hast du dich nur über Stress, Überanstrengung und zu wenig Schlaf beklagt.«

»Und jetzt beklage ich mich also über das Gegenteil.«

»Das zeigt, dass Bullen auch nur Menschen sind.«

»Danke fürs Kompliment. Erinnere dich bei Gelegenheit daran – z. B. in den Spalten des Bladet.«

»Das spare ich mir noch auf – bis zum Interview über ›Zwanzig hektische Jahre in Kopenhagens kriminellem Brennpunkt‹ zu deinem sechzigsten Geburtstag.«

»Brrr.«

Wir gingen die Abel Cathrines Gade entlang. Ehlers sah nachdenklich auf die Hauseingänge. »Das muss ein schlechter Schütze gewesen sein«, sagte er, während er wie ein Billardspieler umständlich Abstände und Winkel kalkulierte.

»Nicht unbedingt«, antwortete ich. »Ich habe Kaspersen erzählt, dass wir ein schlechtes Ziel abgaben. Wir schwankten sowieso etwas, und außerdem war es glatt. Wir selbst haben schlechte Arbeit geleistet.«

»Das glaube ich gerne«, sagte Ehlers.

Wir trennten uns an der Ecke zur Istedgade – er, um zu seiner Wache am Halmtorvet zu gehen, ich, um zum Stjernecafé zu schlendern, in der ernsthaften Absicht wach zu werden.

»Wie geht es Gitte, übrigens?«, fragte er höflich – scheinbar zufällig –, als wir uns trennten.

»Gut«, sagte ich. »Und deiner Frau – die ich noch nie getroffen habe?«

»Gut«, sagte er. »Vielleicht deshalb.«

»Vielleicht. Also dann, tschüss.«

»Wiedersehen – und dass du mir heute gleich nach Hause gehst.«

Im Stjernecafé herrschte Trubel – die Kunden drängten sich am Bartresen und diskutierten in erregtem Tonfall mit Bob. Eine Frau im Wolfspelz krakeelte besonders laut. Selbst die Ragtime-Musik war abgestellt. Es dauerte mehrere Minuten, bevor ich die Kakophonie durchdringen konnte.

»Was ist denn passiert?«, fragte ich.

»Ach, nur ein Fuchs«, sagte Bob und schenkte mit brüskem Schulterzucken weiter aus.

»*Nur* ein Fuchs!«, seufzte der weibliche Gast im Wolfspelz, eine Lady, die ich bisher noch nicht gesehen hatte. »*Nur* ein Fuchs! Auf den Toiletten!«

»Special Service«, sagte Bob. »Etwas Neues. So etwas hat sonst keiner. Sehr populär im Ausland.«

Die Lady sah aus, als wollte sie Bob ihr Glas samt Inhalt an den Kopf werfen. Dann änderte sie ihre Meinung und ging wieder zurück an ihren Tisch.

Ich wiederholte meine Frage.

»Ach, zum Teufel«, sagte Bob. »Ich hatte nur die Hintertür einen Spalt geöffnet, um etwas zu lüften – du kennst den Gestank dort …«

Das tat ich. Für einen geschäftstüchtigen Anbieter von Nasenklemmen könnte sich um Mitternacht herum auf den Toiletten des Stjernecafés ein einträglicher Schwarzmarkt auftun.

»Und dann schleicht sich also ein Fuchs ein …«

»Ich dachte, die schleichen nur auf dem Lande herum.«

»Nicht mehr, du. Die Zeiten ändern sich.«

»Kannst du mir das mal eben erklären.«

»Es ist ganz einfach. Du bist nur nicht auf dem Laufenden. Diese Füchse haben eine Spezial-Ausbildung fürs Plündern von Hühnerhöfen, und darauf hatten sie jahrtausendelang fast ein Branchen-Monopol. Auf einmal stecken die Leute ihre Hühner in die reinsten Verwaltungstrakte mit antiseptischen Abteilungen, wo das Füttern, Schlachten, Zerlegen, Waschen und Würzen am Fließband passiert. Und alle diese Abteilungen haben elektronische Schließcodes, für die die Füchse keine Ausbildung haben – noch nicht.

Darum kommen die Füchse hier rein. Hier finden sie, was sie suchen. Es gibt eine Grill-Bar auf der anderen Seite des Blocks, nicht? Im Hinterhof steht ein Container mit Resten von Frühlingsrollen und Pommes. Dahin gehen die Füchse ab und zu.«

»Bob, du dichtest.«

»Mach ich nicht. Ich halte bloß die Augen offen. Sie streifen auch auf dem Friedhof herum, falls es dich zufällig dahin zieht. Na, ich glaube, die Puppe hat sich etwas beruhigt. Sie war ganz hysterisch.«

Bob ging zu der wütenden Frau hinüber, die mit einer

Freundin zusammensaß, und verbeugte sich ziemlich tief. Er war äußerst diplomatisch und zuvorkommend und tat sein Bestes, um wie ein Butler in einer englischen TV-Serie aufzutreten – soweit man es ihm, dem ehemaligen Boxer mit gebrochener Nase und Blumenkohlohren, denn abnahm.

Der Vorfall wurde mit einer höflichen Entschuldigung und einer Runde auf Kosten des Hauses in Ordnung gebracht. Keine Meldung beim Gesundheitsamt.

»Eine der Nutten«, sagte Bob, als er zur Bar zurückkam. »Und nicht besonders sympathisch. Aber Recht muss Recht bleiben: Ein Fuchs auf den Toiletten ist wirklich eine Unsitte.«

»Da sind wir nicht die Einzigen, die so denken«, sagte ich. »Darf ich mal dein Privattelefon benutzen.«

Bob führte mich ins Hinterzimmer mit dem großen dreckigen Eichentisch, worauf in scheinbar zufälliger Anordnung alle Rechnungen und Quittungen der letzten zehn Jahre verteilt lagen, und ich rief Otzen an und machte das – mit halbwegs sicherer Stimmführung – so gut und glaubwürdig, wie ich konnte. Ich sagte, ich sei nach näherer Untersuchung zu der Überzeugung gelangt, es stecke mehr dahinter, und Polizeiinspektor Ehlers stimme mir zu. Ich sagte, wir würden der Sache weiter nachgehen, und falls wir – im Bladet – jetzt zu viel schrieben, riskierten wir, den Erfolg der Untersuchung zunichte zu machen. Ich verkniff mir nicht den Hinweis, er solle sich ins Gedächtnis schreiben – mit ziemlich großen Buchstaben –, dass *ich* ja im Zentrum der Begebenheiten stünde und die Situation am besten einschätzen könne.

Er nahm es für bare Münze, obwohl er mich seit zehn Jahren kannte. An mir ist ein Schauspieler verlorengegangen. Dafür sollten mir viele Menschen dankbar sein.

Dann sprach ich mit der Nachrichtenredaktion und diktierte einen sachlichen, objektiven Doppelspaltenbericht über ein »Revolver-Drama in Vesterbro«. Er war recht kurz gefasst – insbesondere wo es um »den männlichen Bekannten« ging, der Zeuge der Begebenheit geworden war.

Ich kündigte jedoch an, dass die Polizei sich aufschlussreiche Ergebnisse von neuen Spuren versprach, die jedoch bisher noch vertraulich behandelt wurden. So etwas passt immer und schadet niemandem. Auch nicht der Polizei.

Ich ging zur Bar zurück, dankte fürs Telefon, bestellte einen neuen Drink, setzte mich an denselben Tisch wie am Abend vorher und stierte auf dieselbe apathische Weise in den Schnee hinaus. Ich sehnte mich nach Gitte. Es tat physisch weh, etwa wie ein Druck, der auf dem Brustkasten lastet.

Der Ragtime lief weiter. Ich saß direkt neben der Fuchs-Dame und ihrer Freundin. Halb im Schlaf hörte ich ihr Gespräch.

»Dann stand ich da und musste irgendwo eine freie Ecke finden, weißt du, und dann nahm ich ihn mit rüber zu Tony.«

»Zu Tony?«

»Ja, verdammt. Ich dachte, ich könnte sein Hinterzimmer haben. Er wurde saumäßig wütend.«

»Das überrascht mich nicht.«

»Ach, er weiß doch verdammt noch mal, was ich mache.«

»Ja, aber auf seinem eigenen Sofa?«

Da verlief offenbar die moralische Grenze. Es für Geld tun – o. k. Oder der eigenen Freundin die Freier wegschnappen – o. k. Aber für den Zweck das Sofa seines festen Freundes zu gebrauchen – das war zu viel. Ampel auf Rot.

Die Menschen sind wahnsinnig, aber das sind sie immer gewesen. Und jetzt waren offenbar auch die Füchse verrückt geworden.

Die beiden Hühner am Nachbartisch gackerten weiter, während ich mit dem Anzünden einer weiteren Zigarette meine Kettenraucher-Existenz fortsetzte. Ich war dabei, in einen ruhigen entspannten Schlaf abzudriften – mit brennender Zigarette in der Hand –, als Bob mir auf die Schulter tippte und sagte, dass ich am Telefon verlangt werde.

6

»Ja?«, sprach ich höflich ins Telefon.

Die Stimme am anderen Ende lachte. Es war kein munteres Lachen. Es war ein Lachen mit einem krankhaften Schnarren.

»Worum geht es?«, fragte ich.

Das Lachen wiederholte sich.

Ich legte den Hörer auf.

Es war ein Verrückter, kein Zweifel. Es war die Stimme eines Wahnsinnigen. Wenn man so etwas einige Male gehört hat, weiß man, dass Wahnsinn vor allem in der Intonation liegt. Es ist nicht das, was gesagt wird, auch die Stimme selbst verrät es nicht. Es sind die Schwingungen im Ton.

Ein empfindsames Ohr braucht nur ein paar Sätze, um den Wahnsinn herauszuhören. Für ein Musiker-Ohr reicht schon ein kurzes Lachen.

Ich ging zurück zur Bar.

Bob konnte mir nur verraten, dass der Anrufer meinen Namen genannt hatte – mit einer heiseren, vielleicht etwas überdrehten Stimme. Er habe keinen Grund gesehen, näher darüber nachzudenken. Ich hätte ja so viele verschiedene Menschen in meinem Bekanntenkreis.

Da hatte er natürlich Recht. Es gab sicherlich keinen Grund, näher darüber nachzudenken. So etwas passiert jeden Tag, und es konnte wer auch immer sein. Die Straßen in der Stadt sind voll von Verrückten, und das gilt nicht allein für die Gegend von Vesterbro.

Aber, aber, aber.

Hat man allerdings nachts seinen Auftritt als Zielscheibe gehabt – wenn auch unfreiwillig und dilettantisch –, und tags darauf ruft jemand an und wiehert vergnügt, dann kann man eine Verbindung nicht ganz ausschließen.

Und falls es eine gab, wurde es spannend. Denn dann war klar: 1. Der Schütze hatte mich wiedererkannt. 2. Er wusste, wo ich mich zurzeit aufhielt. 3. Vielleicht wartete er sogar draußen auf mich.

Nein, sagte ich zu mir selbst. Noch nicht. Nicht am fast noch helllichten Tag.

Aber das »falls« war ein ziemlich großes falls. Wie Bob so richtig bemerkt hatte, verkehren Journalisten mit vielen verschiedenen Menschen.

Unter ihnen Verrückte – auch die in verschiedenen Ausgaben, von der echten Ware, die reif und topffertig für die Anstalt ist, bis zum kleinen Mann, der wegen irgendetwas durchdreht und Amok läuft. Etwas, das für andere – vielleicht am Tag danach sogar für den Betreffenden selbst – nur eine absurde Banalität ist.

Na ja, im Stjernecafé herumzuhängen brachte auch nichts. Eine einfache Tatsache, der ich nach Meinung gewisser Leute – unter ihnen auch Gitte – schon vor etlichen Jahren ins Auge gesehen haben sollte.

Ich passte gut auf, als ich aus der Tür trat. Ich sah mich nach allen Seiten um, ohne etwas anderes zu sehen als gewöhnlich: Leute auf der Straße in beide Richtungen unterwegs, in die Geschäfte hinein- oder wieder hinausgehend mit Taschen und Plastiktüten – und im Hintergrund die ganz normalen mehrstöckigen Häuser mit ihren Zugängen und Hinterhöfen.

Auf jeder Etage eines jeden Hauses könnte ein Schütze

stehen. Aus jedem Zugang könnte in diesem Augenblick auf mich gezielt werden.

Aber das war auch sonst jederzeit möglich.

Ich kam ohne Probleme nach Hause.

Im selben Augenblick, als ich in der Diele stand, klingelte das Telefon.

Ich nahm ab – mit einer Vorahnung. Die Vorahnung bestätigte sich – mit einem Unterschied: Der Mann lachte nur ein Mal – und er war es dann, der den Hörer auf die Gabel knallte.

Also hatte er meine Bewegungen verfolgt.

Zur Sicherheit trat ich ein Stück vom Fenster zurück, vor dem das Telefon stand. Aus irgendeinem Grund – wahrscheinlich ein angeborenes Defizit an Initiative und Vorstellungsvermögen – hatte ich nie kugelsichere Fensterscheiben installieren lassen. Daran hätte eigentlich der Hauswirt denken können.

Ich kontrollierte sorgfältig, ob meine Wohnungstür verschlossen war. Nicht dass es im Bedarfsfall einen Unterschied gemacht hätte. Falls jemand ernsthaft daran dachte hereinzukommen, könnte er diese Platte aus zusammengepresstem Feuerholz und das verrostete Dreißiger-Jahre-Schloss in wenigen Sekunden eintreten. Auch wenn in dieser Stadt von Modernisierung der alten Bausubstanz die Rede war, in unserem Viertel merkte man nichts davon.

Ich legte eine Schallplatte auf, schenkte einen Whisky ein, platzierte meine Beine dekorativ über einen Tisch und meine übrigen verfügbaren Körperteile in einen Sessel, zündete eine Zigarette an – und schlief ein.

Es war dunkel, als ich aufwachte. Die Uhr zeigte 19.30, und wie immer hatte mich das Telefon geweckt. In meinem lausigen Leben ist ein Wecker ein ganz überflüssiger Luxus.

Wieder hatte ich eine Vorahnung, aber dieses Mal bewahrheitete sie sich nicht. Es gab kein verrücktes Gelächter. Es war nur Otzens polternde Stimme, die – wie immer – klang, als riefe er aus einer Telefonzelle am anderen Ende des transatlantischen Tiefseekabels an.

»Man hat eine Leiche in der Abel Cathrines Gade gefunden«, sagte er mit dem gewissen Unterton, der seinen langjährigen Mitarbeitern sofort verriete, dass er gleichzeitig eine Zigarre zwischen den Lippen bewegte. »Ein Mann. Auf einem Spielplatz. Geh mal rüber, und schau dir das an!«

»O. k., Chef. Wer hat dir dieses Mal den Tipp gegeben?«

»Dahlgaard hat es vor einer Minute im Polizeifunk gehört. Du bist am dichtesten dran. Beeil dich, zum Teufel!«

Dann machte es klick. Es war offenbar mein Schicksal, ständig den Hörer klicken zu hören.

Ich leerte mein Glas, zündete eine Zigarette an und war innerhalb von zwei Minuten aus der Tür. Erst als ich sie zuschlug, besann ich mich eines Besseren, ging nochmals hinein – und steckte meinen Revolver in die Manteltasche.

Ich trabte die Straße hinunter.

Der »Spielplatz« – ein ziemlich schmeichelhaftes Wort für dieses viereckige Loch im Boden – ist ein unbebautes Grundstück in der Abel Cathrines Gade ganz in der Nähe vom Halmtorvet. Er besteht aus zwei Schaukeln, von denen die eine seit Jahren kaputt ist, einem Klettergerüst und drei kleinen Holztischen, die der kommunale Grünanlagen-Gärtner (oder wer nun davon lebt, so etwas zu entwerfen) sich wohl als gemütlichen Sommerplatz vorgestellt hatte, wo die Bewohner des Viertels stundenlang sitzen, um bei Thermos-Kaffee ihre Kontakte zu pflegen. Stattdessen waren die Tische – wie jeder, der die Gegend kennt, hätte voraussagen können – zum Treffpunkt für arbeitslose Säufer geworden. Aus demselben Grund – und wohl auch, um die kleinen Füße vor Verletzungen durch weggeworfene Einwegspritzen zu bewahren – war es den meisten Kindern verboten, auf den Spielplatz zu gehen.

Weshalb natürlich die kecksten von ihnen – wie ebenfalls jeder hätte voraussagen können, jedenfalls jeder, der selbst mal Kind gewesen ist – pausenlos dort herumhingen.

Zwei Streifenwagen und eine Ambulanz erleuchteten die kleine Anlage schon von weitem mit einer Tivoli-Illumination. In drei Häuserblöcken brannte Licht in allen Fenstern. Auch die Kneipe gegenüber leistete ihren kleinen Beitrag.

Mitten auf der Straße stand ein Polizist mit seinem Walkie-Talkie. Auf der gegenüberliegenden Seite vor der Kneipe waren Leute aufmarschiert. Leute, die vom Fenster aus irgendetwas gesehen oder die Sirenen gehört hatten. Leute, die auch wochentags für jede Unterhaltung dankbar waren.

Wenn es etwas wärmer gewesen wäre, hätten alle Fenster offen gestanden.

Die Leiche lag in einer Schneewehe mitten in der Anlage. Ich sah sie zwar nicht, aber ich sah Kaspersen, der etwas bewachte, und über dieses Etwas beugten sich von beiden Seiten aus zwei Silhouetten: ein großer, magerer Schatten mit langen Armen und Beinen und ein kürzerer, eher vierschrötig und breitschultrig mit einem zerzausten Bart.

Mit anderen Worten: Polizeiarzt Dr. Bang und Ehlers.

Kaspersen ließ mich näher herankommen.

Der Mann war mittelgroß, weder dick noch dünn (aber eher dünn als dick, wenn man sich denn entscheiden musste), hatte dunkle Haare und trug einen – so wie es aussah – Drei-Tage-Bart. Ich schätzte ihn auf ca. vierzig Jahre.

Ich kannte ihn oder besser gesagt: Ich *er*kannte ihn. Ich hatte ihn dutzende Male auf der Straße gesehen, auf diese abwesende Art, auf die man Leute auf der Straße sieht. Wir hatten nie ein Wort miteinander gesprochen, und ich hatte keine Ahnung, wer er war. Er musste entweder in dieser Gegend wohnen oder ein regelmäßiges Anliegen hier haben.

Was viele haben.

Ehlers blickte auf und sah mich.

»Kennst du ihn?«, fragte er.

»Ja und nein …«

Ich erklärte.

Ehlers winkte mich näher heran. Jetzt erst konnte ich sehen, dass der Mann einen Schuss in die Brust bekommen hatte. Es war nicht viel Blut zu sehen, lange nicht so viel wie gestern. Vielleicht hatte der Mann nicht so viel Blut.

»Hat er keine Papiere bei sich?«

»Nein, er hat nichts anderes bei sich als eine Schachtel Zigaretten, ein Einwegfeuerzeug, einen Schlüssel und einen zusammengeknüllten Hundertkronenschein.«

»Er war drogensüchtig«, sagte Dr. Bang sachlich. »Er hat einen ganzen Nadelpark verschlissen.«

»Vielleicht ging er hierher, um zu fixen.«

»Das ist denkbar. Daraus wurde das letzte Mal. Kann ich mit ihm fahren?«, fragte Dr. Bang und fuchtelte nonchalant mit seiner Zigarette, als wäre er gerade dabei, eine bequeme Mitfahrgelegenheit nach Hause zu organisieren.

»Einen Augenblick noch …«, sagte Ehlers grübelnd.

Jeder, der Ehlers kennt, konnte jetzt sehen, dass ein Gedanke in ihm keimte.

Respektvoll legten wir zwei Schweigeminuten ein, während er grübelte.

7

»Könntest du noch zehn Minuten warten, bevor du fährst?«, fragte Ehlers Dr. Bang, während er sich wieder aufrichtete und entschlossen dreinblickte.

»Auch eine halbe Stunde, wenn es sein muss«, sagte Bang und blies Rauch in die Luft. »Er ist nicht nur kalt, sondern auch gut gekühlt. Die Kälte konserviert ausgezeichnet. Und ich bin heute Abend nur mit ihm verabredet.«

Seine Worte waren eisig wie die Luft.

»Gegenüber liegt eine Kneipe«, sagte Ehlers und sah zu Billy's Bodega hinüber, vor der immer noch die Truppe der Zuschauer stand. »Er ist nicht gerade warm angezogen. Höchstwahrscheinlich ist er von dort nur kurz rübergekommen, um sich zu spritzen – und hat damit gerechnet, sofort zurückzugehen. Es kann sein, dass sie ihn drüben kennen, und dann sparen wir uns vielleicht eine Menge Zeit und Nachforschungen. Kaspersen, du schickst einen Mann rüber, um den Wirt oder den Barkeeper zu holen, oder wer auch immer für den Laden verantwortlich ist, und postiere fürs Erste auch noch einen dort drüben – oder besser zwei.

Kaspersen nickte und ging.

»Wenn er hierherkam, um zu fixen«, sagte ich, um etwas zu sagen, »müsstet ihr eine Spritze gefunden haben.«

»Bis jetzt schon sieben«, antwortete Ehlers lakonisch. »Bis jetzt.«

»Ganz egal«, fügte Bang hinzu. »Eine Blutprobe wird uns in fünf Minuten Klarheit verschaffen, ob das überhaupt irgendetwas bedeutet.«

»Wer hat ihn gefunden?«

»Ein achtjähriger Junge. Kaj. Er wohnt in der Nähe. Er lief sofort nach Haus und hat es seiner Mutter erzählt, die uns dann anrief. Sie stehen da drüben.«

Er zeigte auf den gegenüberliegenden Bürgersteig.

»Armer Kerl«, sagte ich mechanisch. »Er bekommt Albträume heute Nacht.«

»Das muss nicht sein«, antwortete Bang mit sachkundigem Selbstvertrauen. »In dem Alter können sie unglaublich hart sein. Eher wird er üben, wie er morgen die Geschichte am besten in der Schule erzählt.«

Kaspersen kam zurück, an seiner Seite ein großer, breitschultriger Mann mit beträchtlichem Bauchumfang und einem Schnurrbart, der genauso herunterhing.

»Worum geht es?«, fragte der Mann mit brummiger, abgrundtiefer Stimme. Eine dieser Stimmen, bei denen man von vierzig Zigaretten am Tag für ca. ebenso viele Jahre ausgehen konnte.

»Wir haben eine Leiche gefunden. Der Mann wurde erschossen. Wir möchten nur wissen, ob Sie ihn gekannt haben. Es ist denkbar, dass er einer Ihrer Gäste war. Schauen Sie einmal hierher ...«

Ehlers drehte ihn zum Gesicht der Leiche.

Der Mann starrte einen Augenblick ausdruckslos hinunter, wollte sich offensichtlich noch mit einem extra Blick überzeugen, fischte dann in den Taschen nach einer Zigarette, steckte sie an, nahm einen tiefen Zug und sagte: »Das ist Blackie.«

»Erzählen Sie, was Sie wissen«, sagte Ehlers. »Kaspersen, du schreibst mit. Aber zunächst einmal: Wer sind Sie?«

»Billy Bruun«, sagte der Mann. »Ja, so heiße ich, und seit ich ein Junge war, habe ich schon viele Witze darüber gehört. ›Ruf nach Billy, der ist willig.‹ Ich habe die Bodega seit fünf Jahren. Vorher Seemann. Ich kann Ihnen mein Seefahrtsbuch und meine Schankkonzession zeigen.«

»Sie stehen nicht unter Anklage«, sagte Ehlers mit sachlicher Stimme. »Es geht nur darum, eine Leiche zu identifizieren, und da Sie das für uns machen, brauchen wir Namen und Beruf. Alles Routine, und entschuldigen Sie bitte, dass wir Sie in dieser Angelegenheit bemühen, aber es ist eine Bürgerpflicht, und Ihre Bodega steht inzwischen unter Polizeibewachung. Wir werden es so kurz wie möglich machen. Sie haben ihn Blackie genannt?«

»Das ist der einzige Name, den ich kenne.«

»Haben Sie ihn heute Abend gesehen?«

Billy zögerte einen Augenblick.

»Ja. Vor einer Stunde – vielleicht anderthalb. Ich habe seinetwegen nicht auf die Uhr geguckt.«

»War jemand bei ihm?«

»Nicht als er kam. Etwas später. Drei andere Gäste. Sie spielten Billard.«

»Bei Ihnen kann man also Billard spielen?«

»Besser als hier gibt es nicht im Viertel. Ich bin selbst alter Billardspieler. Viele kommen zu mir, nur um Billard zu spielen.«

»Auch Blackie?«

»Auch er, ja.«

»Wie oft?«

»Mehrmals die Woche.«

»Mit wem spielte er?«

»Keine festen Partner, so gesehen. Wer nun gerade da war – und Lust und Laune hatte.«

»Spielte er gut?«

»Sehr passabel.«

»War er Profi?«

»Hätte es vielleicht werden können – wenn er etwas früher eingestiegen wäre und seine Hände nicht so sehr gezittert hätten – ab und zu.«

»Wussten Sie, dass er drogenabhängig war?«

Der Seemann zog an seiner Zigarette. Sein Gesicht wurde ausdruckslos.

»Gewusst habe ich gar nichts«, sagte er, »aber man bekommt ja allerhand mit. Und macht sich seine Gedanken. Jedenfalls habe ich ihm einmal die Meinung gesagt zu dem Thema.«

»Und wie ist die?«

»Dass ich so eine Schweinerei nicht in meiner Kneipe haben will – aber dass ich nicht dafür verantwortlich bin, was woanders passiert.«

»Sagen Sie das immer, wenn Sie einen Verdacht haben?«

»Ja.«

»Seit wann kam Blackie zu Ihnen?«

»Das ist ziemlich schwer zu sagen. Zwei – drei Jahre vielleicht?«

»Und Sie wissen immer noch nicht mehr über ihn, als dass man ihn Blackie nennt?«

»Doch, dass er einer meiner am schlechtesten gekleideten Gäste ist – nicht weil seine Sachen alt sind, sondern weil sie nie gewaschen werden. Dass er manchmal am Tisch einschläft, und wenn er nicht schläft, sich mit jedem Hans und Franz unterhält, der ihm über den Weg läuft. Dass er Billard spielt. Dass er am liebsten Guldbier trinkt. Und dass er die grünen Cecil raucht und immer bar bezahlt mit zusammengeknüllten Scheinen aus seiner Hosentasche ohne ein Portemonnaie als Zwischenstation.«

Ich stellte fest, dass diese direkte und fachkundige Beschreibung Ehlers ein Lächeln entlockte.

»Wie viele Gäste haben Sie im Augenblick?«, fragte er.

»Sieben, acht Leute.«

»Drei am Billardtisch und vier, vielleicht fünf, die beim Würfeln sind.«

»Waren sie alle miteinander anwesend, seit Blackie das Lokal verließ?«

»Nur vier oder fünf. Die beim Billard – und noch ein paar andere.«

»Wissen diese Leute, was passiert ist?«

»Aber sicher.«

»Wussten auch Sie es?«

»Aber sicher. Wenn die halbe Straße draußen auf dem Bürgersteig steht und die Polizeiautos mit Blaulicht anrücken, dann ...«

Er zuckte mit den Schultern.

»Warum fragten Sie dann, was passiert wäre, als Sie kamen?«

»Ich meinte einfach nur, was es mich denn eigentlich angeht.«

»Das klingt nicht gerade, als würden Sie Blackie vermissen.«

»Er war nicht mein Sohn. Ich kannte ihn so gesehen nicht. Es ist immer traurig, einen Gast zu verlieren, aber ich werde es schon überleben. Und wenn ich weinen muss, Herr Polizeiinspektor, dann warte ich bis zur Polizeistunde – wenn ich frei habe. Ansonsten könnte es einen schlechten Eindruck auf meine Kunden machen.«

»O. k.«, sagte Ehlers. »Sie können jetzt Ihren Job weiter machen – und danke für die Hilfe. Aber lassen Sie keinen Ihrer Gäste gehen. Wir wollen sie noch vernehmen. Unsere Leute werden sich um sie kümmern. Und wenn jemand absolut gehen will und versucht, von Ihnen Hilfe zu bekommen, dann machen Sie ihn bitte darauf aufmerksam, dass es auf der Straße von Polizisten wimmelt.«

Das war keine Lüge. Ein weiterer Streifenwagen war mit

vier Leuten eingetroffen. Die Zuschauer auf dem Bürgersteig wichen unwillkürlich zurück.

Billy, der Seemann, zuckte mit den Achseln, als wollte er zeigen, dass er das bevorstehende Unternehmen leicht schwachsinnig fand, aber inzwischen alt genug war, seine Klappe zu halten, wenn er nichts damit bezwecken konnte. Er ging mit sicheren, schweren Schritten über die Straße und in die Bodega.

»Wer ist drüben?«, fragte Ehlers Kaspersen.

»Kellermann und Nielsen.«

»Ausgezeichnet!«

Ehlers gluckste fast.

Ich konnte mir bildhaft vorstellen, was er dachte. Der gigantische Kellermann, der einen Mann mit einem Arm hochstemmen konnte, und der schmächtige Nielsen, dessen Augen immer neurotisch-neugierig wie die eines Eichhörnchens in alle Richtungen spähten, um Verstöße gegen Recht und Ordnung aufzudecken.

Ein hervorragendes Paar.

»Na, wollen wir den Tanz beenden?«, fragte Bang, so unbeeindruckt wie immer.

»Ja«, sagte Ehlers. »Fahr nur. Obwohl die Vernehmung sich bestimmt noch hinziehen wird. Ruf mich drüben in der Bodega an, wenn es was gibt – das eilt.«

»Wird gemacht«, sagte Bang.

Die Leiche wurde in den Krankenwagen gehoben, während der Arzt beschwingt seinen Hut für uns lupfte, seine Zigarette ausdrückte und einstieg.

Die Menge auf dem Bürgersteig war kleiner geworden. Es war kalt, und es passierte nichts Richtiges mehr.

Und vielleicht gab es ja doch noch etwas im Fernsehen.

Ehlers und Kaspersen gaben Order an die Streifenwagen und gingen über die Straße zu Billy's Bodega.

Auf halbem Wege holte ich sie ein.

»Darf ich mitkommen?«, fragte ich.

Ich hoffte, nicht wie ein kleiner Junge zu klingen, der um eine Tüte Bonbons bettelt oder eine Lakritzstange.

»O. k.«, sagte Ehlers. »Bedingung ist aber, dass du die Klappe hältst, gut zuhörst und nur schreibst, was wir dir erlauben.«

»Das sind schon drei Bedingungen.«

»Dann sind es eben drei.«

»Drei Bedingungen – gleich eine Absprache.«

Und mit diesen Worten betraten wir drei Mann hoch Billys exotisches Etablissement.

8

Billy's Bodega sah aus wie alle anderen Kneipen im Viertel, das Stjernecafé eingeschlossen. Alte, abgewetzte Tische und Stühle, mattes gelbliches Licht, eine braun gebeizte Bar als selbstverständliches Zentrum und in einem Hinterraum der besondere Stolz des Lokals: der Billard-Tisch.

Um ihn herum standen drei Spieler, offensichtlich für ihre Umgebung verloren. Hinter der Bar stand Billy. An zwei Tischen saßen jeweils zwei Männer. Und direkt am Eingang saßen Kellermann und Nielsen. Kellermann sah müde aus, was – für jeden, der ihn kannte – bedeutete, dass er wachsam war und niemanden mit der Nase darauf stieß. Nielsen sah wachsam aus, was – für jeden – bedeutete, dass er es war und auch nichts dagegen hatte, wenn man es merkte. Die Leute sind nun einmal – wie meine selige Mutter zu sagen beliebte – so verschieden.

Selbst die Bullen.

Ich setzte mich allein an einen Tisch in der hintersten Ecke und versuchte so zu tun, als wäre ich nicht da. Es ging anscheinend ganz gut. Warum sollte ich auch da sein?

Eine einfache Auszählung zeigte, dass wir dreizehn im Lokal waren. Dreizehn Männer.

Sieben Gäste, vier Bullen, ein Wirt – und ich.

Ehlers gab seine Anweisungen an Kellermann und Nielsen und zwinkerte mir zu. Ich kramte Notizblock und Stift hervor und zeichnete banale Kreuze, Kurven, Kugelchrysanthemen und Krickelkrakel auf das erste Blatt. Unter die »Komposition« schrieb ich »Mozarts erster Schultag«.

Vor nicht so langer Zeit war ich mit Gitte auf einer Kunstausstellung gewesen – und der Anlass zu unserem Besuch sah genauso aus.

Dann sagte Ehlers etwas zu Billy, und Billy ging zu den Billardspielern. Man hörte einige Proteste.

»Was zum Teufel ...«

»Wir müssen doch erst mal die Partie fertig spielen ...«

Billy's Stimme hörte man nicht. Überhaupt nicht. Aber zwei Minuten später saßen auch die Billardspieler an einem Tisch, und die Runde war vollzählig. Eine merkwürdige Runde. Eine Generalversammlung zu einem Mordfall.

Ehlers hielt eine hübsche kleine Ansprache. Er erklärte, was passiert war, und gab seiner Hoffnung Ausdruck, dass man mit der Polizei zusammenarbeiten wolle. Er machte keine Andeutungen, was geschehen könnte, wenn man nicht wollte, aber er erreichte trotzdem, dass es im Raum schwebte. Er hätte Politiker werden sollen. Wenn seine erschreckende Ehrlichkeit nicht angeboren wäre, hätte er es vielleicht werden können.

Während er predigte, sah ich mir die sieben zufällig ausgewählten Exemplare des männlichen Geschlechts etwas genauer an und versuchte sie zu bestimmen.

Das eine würfelnde Paar setzte sich zusammen aus einem kräftigen, breitschultrigen ca. sechzigjährigen Kerl und einem jungen, schlanken 25-jährigen. Der Alte legte ab und zu eine schützende Hand über die des Jungen. Er tat das nicht auf eine speziell väterliche Weise.

Das andere würfelnde Paar trug dreckige Overalls, die den Collagen ähnelten, die Gitte und ich auf der Kunstausstellung gesehen hatten. Die Flecken auf ihrer Kluft waren so dekorativ verteilt – *designed*, wie man in anderen Kreisen sagen würde –, dass sie einer Mischung aus Blut, Kotze und Autoöl ähnelten. Die beiden kamen mir ziemlich betrunken vor. Sie mochten Arbeiter aus den Schlachthöfen sein – oder vielleicht dort beschäftigte Lastwagenfahrer, die nach der Arbeit bei Billy eingetrudelt waren.

Der eine der drei Billardspieler war ein älterer, dünner Mann, der durch ein weißes Hemd und einen Schlips auffiel. Die beiden anderen waren um die vierzig, in Blackies Alter, und glichen ihm und tausenden anderen Männern in Vesterbro, die genauso alt waren. Keine ins Auge fallenden Typen, bescheidenes Kleider-Budget, ohne physische Besonderheiten, gleichzeitig gesunde Kraft ausstrahlend und derbe, schweinische, gesundheitsgefährdende, zersetzende, stinkende tägliche Schufterei.

»Zunächst einmal«, sagte Ehlers abschließend, »möchte ich Sie bitten, Namen und Adresse anzugeben.«

Wie von Zauberhand oder als ob es eine Pantomime wäre, die er als Regisseur auf ein bestimmtes Zeichen beginnen ließ, verteilten sich Kaspersen, Kellermann und Nielsen fächerartig im Raum und setzten sich, einer an jeden Tisch, jeder mit seinem Notizblock.

Keiner der Gäste sah wirklich begeistert aus, aber nur einer protestierte. Es war der alte Kerl, der mit dem jungen Mann zusammen war.

»Ich kann Ihnen überhaupt nichts sagen zu diesem Fall«, meinte er. »Ich – wir – haben nichts damit zu tun. Ich bin erst vor einer Stunde gekommen – von einem privaten Essen mit meinem Neffen hier –, und das können wir beweisen. Wir hätten gern die Erlaubnis zu gehen.«

Er hatte Schweiß auf der Stirn.

Die Pantomime ging weiter.

Ehlers flüsterte Billy etwas zu.

Billy flüsterte Ehlers etwas zu.

Ehlers flüsterte Nielsen etwas zu, um dessen Tisch es ging.

Nielsen lehnte sich zurück und sah wachsam aus.

Ehlers sprach einen Augenblick leise mit dem Alten, warf einen diskreten Seitenblick auf den jungen Mann und zeigte dann zur Tür.

»Aber hallo, einen Augenblick!«, brummte der Seemann von der Bar. »Was ist mit der Rechnung? Ich habe ja wohl auch meine Rechte!«

Seine Stimme klang, als käme sie aus einem Megaphon.

Der alte Mann – nicht dass er so alt aussah, mehr dass der junge ihn so alt aussehen ließ, weil er selbst so jung war – legte würdevoll einen Hundertkronenschein auf den Tresen und umfasste mit tröstender Miene die Schultern des jungen Mannes, als bedaure er zutiefst, ihn – in diesem unerfahrenen Alter – so einer Situation ausgesetzt zu sehen.

Dann verschwanden sie.

Und Ehlers begann sein Verhör.

»Weiß jemand von Ihnen ...«

Weiter kam er nicht, denn einer der Overallträger sagte: »Sagen Sie ruhig du. Wir sind doch alle miteinander Kumpel, nicht?«

Er sah sich nach Zustimmung um.

Mehrere nickten. Niemand widersprach ihm direkt.

Ehlers nahm den Faden wieder auf.

»Kennt jemand von euch Blackies richtigen Namen und Adresse?«

Einer der Billardspieler – ein blonder Typ mit offener Lederjacke und schwarzem Pullover, einer, der in der abendlichen Dunkelheit gar nicht auffallen würde – streckte wie ein artiger Musterschüler einen Finger in die Luft.

»Er heißt Kuno«, sagte er, als Ehlers nickte. »Kuno Clausen.«

»Weißt du, wo er wohnt?«

»Nein. Irgendwo hier in der Nähe.«

»Hier in der Straße, glaube ich«, warf einer der Mitspieler ein – der ältere Mann mit dem Schlips. Ein ziemlich aufsehenerregender Schlips – schwarz mit Streifen in fünf Farben. Im Großen und Ganzen die einzigen klaren Farben im Raum.

»Weißt du wo?«

»Nein.«

»Woher weißt du das denn?«

»Ich habe mich im Laufe der Zeit einige Male mit ihm unterhalten. Wenn er nach Hause wollte, sagte er immer, dass es gut sei, die Kneipe in der Straße zu haben, dann könne man sich jedenfalls das Taxi sparen.«

Der Blonde nickte.

Offenbar war das Blackies feste Abschiedsreplik gewesen.

»Weiß jemand von euch anderen, wo er wohnt?«

Die Antwort war ein allgemeines Kopfschütteln.

»Weiß jemand, was er machte?«

Der Blonde antwortete diesmal als Erster.

»Stütze«, sagte er lakonisch.

Der Schlips nickte zustimmend.

»Hatte er Familie?«

Ehlers war, wie ich nicht zum ersten Mal bemerkte, langsam und methodisch, aber unermüdlich. Vielleicht darum, weil es sein Job war, langsam und methodisch und unermüdlich zu sein. Oder er hatte sich für diese Arbeit qualifiziert, weil er so war. Man weiß ja nie.

Dieses Mal war die Antwort kein hoffnungsloses Kopfschütteln. Es war ein fünffaches synchrones Achselzucken. Keiner wusste es. Keiner hatte jemals danach gefragt. Und keiner hatte jemals geglaubt, dass es ihn etwas anging.

Der Schlips war immer noch am gesprächigsten.

»Fünf zu eins für keine Familie,«, sagte er.

Keiner sah aus, als wolle er die Herausforderung annehmen.

»Warum?«, fragte Ehlers.

»Das kann man den Leuten anmerken«, sagte der Schlips gelassen. »So etwas kann man sehen.«

»Kann man das?«, fragte Ehlers wieder. »Habe ich vielleicht Familie?«

»Frau und zwei Kinder«, antwortete der Schlips.

Kaspersen und Kellermann grinsten sich an. Ein Schuss ins Schwarze.

Auch Ehlers verzog sein Gesicht zu einer zustimmenden Grimasse.

Das Telefon klingelte. Billy nahm ab und legte den Hörer sofort wieder auf.

»Wer war das?«, fragte Ehlers misstrauisch. Misstrauisch zum einen, weil der Anruf so kurz gewesen war, zum anderen, weil Billy nichts gesagt hatte.

»Ein Idiot, der nur geistesgestört in den Hörer gelacht hat«, antwortete der Seemann.

Ich erhob mich halb vom Stuhl und plumpste wieder zurück. Ich durfte nicht vergessen, dass es da etwas gab, worüber ich mit Ehlers reden musste.

»Habt ihr zwei Blackie überhaupt gekannt?«, fragte Ehlers die beiden Overalls.

»Nee«, sagte der, der gemeint hatte, wir wären alle Kumpel, und der offensichtlich der Sprecher des Paares war. »Wir haben ihn nur hier gesehen. Er fragte einmal, ob wir eine Partie mitspielen, und wir haben Nein gesagt. Wir würfeln lieber.«

Ehlers sah zu Billy rüber. Billy nickte, fast ohne den Kopf zu bewegen. Falls an mir ein Schauspieler verloren ging, war an ihm ein ganzes Ensemble auf Tournee verloren gegangen.

»Jetzt könnt ihr meinetwegen gehen«, sagte Ehlers.

»Warum sollten wir?«, sagte der Kumpel und öffnete damit zum ersten Mal den Mund. »Wir sitzen verdammt noch mal sehr gut. Bedienung, können wir noch eine Runde bekommen?« Diesmal war es Billy, der Ehlers ansah, und Ehlers nickte unauffällig.

Der ganze Abend sollte offenbar mit Blicken und Nicken vergehen.

Als die zwei Würfler versorgt waren, ließ ich mir auch eine kalte Erfrischung bringen. Mindestens zwei der untergeordneten Bullen beäugten sie neidisch. Manchmal hat es seine Vorteile, Zivilist zu sein.

Ehlers ging zum Tisch der Billardspieler. Er hatte sich garantiert vorgenommen, etwas zu sagen, aber vorher klingelte wieder das Telefon, und Billy zeigte wortlos auf ihn.

9

Volle vier Minuten stand Ehlers mit dem Hörer in der Hand. Zwischendurch sagte er »hm ... hm ...« und schickte aggressive, vorwurfsvolle Blicke zu den Wänden, als ob sie an allem schuld wären.

Dann ging er zurück zum Tisch der Billardspieler und setzte die Vernehmung fort – leicht zerstreut, sicherlich, aber nur ein wirklich erfahrener Ehlerskenner hätte es bemerkt.

Und wir vom Fan-Club waren nur zu viert.

»Habt ihr oft zusammen gespielt?«, fragte er.

Der Schlips antwortete.

»Ab und zu.«

»Ihr vier?«

»Wir sind keine Mannschaft, Herr Polizeiinspektor, Billard ist kein Fußball. Es gibt keinen Trainingsplan. Man kommt vorbei und spielt, wenn man Lust hat, und wenn man spielen will, müssen andere da sein, die auch Lust haben. Blackie hatte oft Lust. Ich habe oft Lust. Also haben wir ziemlich viele Male zusammen gespielt. Dasselbe gilt auch für Tony und Jess.«

Der Blonde öffnete den Mund.

»Blackie war ganz versessen darauf«, sagte er. »Und er hatte ja auch endlos Zeit.«

»Tony hat ihn öfter mal besiegt«, sagte der Schlips grinsend. »Nicht dass das was bedeutet. Er will einfach nur spielen. Aber wenn Blackie seine Anwandlungen hatte, dann schreckte er vor nichts zurück. Dann wollte er mit hohem Risiko spielen und unbedingt alles ansagen, allzu viel.«

»Ja, aber«, sagte Ehlers und vergaß seine Arbeit, höchst verwundert und mit einer Miene, als wäre am sakrosankten Fundament des Universums gerüttelt worden oder als hätte der Kirchenminister persönlich sich nach Feierabend als Exhibitionist im Ørsted Park gezeigt, »ja aber *Ansage*, das gibt's doch gar nicht beim Billard?«

»Das kommt darauf an, welches Spiel man spielt«, sagte der Schlips sachlich. »Es gibt viele Varianten beim Billard. Blackie mochte am liebsten die, wo man ansagt, was man machen will – und wo man dann doppelten Punktabzug bekommt, wenn man nicht den Stoß durchführt, den man angesagt hat.«

Ehlers sah aus, als wäre er total ins Schwimmen gekommen. Es war absolut kein Thema, bei dem er sich als Experte fühlte.

Eine Leiche, da wusste man, woran man war.

»Vielen Dank für die Hilfe«, sagte er nur. Er drehte sich um, wie zum Gehen, machte dann aber plötzlich kehrt, um dem Schlips mit dem Zeigefinger direkt ins Gesicht zu zeigen und zu sagen: »Weißt du übrigens, wo Tony wohnt?«

»Irgendwo um den Halmtorvet herum«, antwortete der Schlips ruhig. »Wir gehen nie zusammen nach Hause. Ich habe die Adresse erst gehört, als Tony sie Ihrem Mann diktierte.«

»Kennt ihr euch so wenig?«

»Das ist nicht *so* wenig«, sagte der Schlips. »Gar nicht so wenig.« Dann signalisierte er Billy, noch eine Runde zu bringen.

Ehlers sprach einige höfliche Worte zu Billy. Dann ging er zu Kaspersen rüber und gab das Zeichen zum allgemeinen Aufbruch.

Es war, als sähe man eine standesgemäße, rituelle Zeremonie am Königlichen Hof ablaufen.

Erst ging Ehlers.

Dann ging Kaspersen.

Dann ging Kellermann.

Dann ging Nielsen.

Und dann ging ich. Ich wäre lieber geblieben und hätte mehr über die verschiedenen Billard-Varianten gehört, aber es gab da etwas, worüber ich mit Ehlers reden musste.

Und es gab auch etwas, worüber Ehlers mit mir reden musste.

Das entdeckte ich erst nach unserer Rückkehr auf die Polizeiwache am Halmtorvet, als »die anderen« sich verteilt hatten und ich wieder einmal in Ehlers sadistisch proportioniertem sogenanntem Besucherstuhl saß und zusah, wie der Himmel immer dunkler wurde.

Wozu der Himmel am Halmtorvet eine gewisse Tendenz hatte.

Ich hatte ihm von dem Verrückten am Telefon erzählt und – damit er nicht die naheliegende Theorie hegen sollte, ich wäre selbst verrückt geworden, was man bei Freunden gar nicht gerne sieht – ausführlich den sekundengenauen Zusammenhang betont zwischen den Gesprächen zum Stjernecafé und meinem bescheidenen Heim, als er sich erhob, die Hände gebieterisch auf dem Rücken kreuzte und sagte:

»Da ist was dran.«

»Was meinst du damit?«

»Dass es derselbe Mann sein muss. Dass der Mann, der gestern auf euch geschossen hat, heute Abend Blackie erschossen hat.«

»Und lacht er dabei?«

»Das hast du ja gerade erzählt.«

»Ich habe es gehört. Warum meinst du, dass es derselbe Mann ist?«

»Weil Bang vorhin bei Billy angerufen hat. Bang hat eine äußerst feine Nase. Und Bang hat Ideen. Er hatte sofort die Idee, einen Ballistik-Experten hinzuzuziehen. Ein Experte, der die Kugel, die Bang aus Blackies Brust herausgeholt hat, mit der vergleichen konnte, die wir noch aus der Wunde deiner Freundin im Archiv liegen haben.«

»Und?«

Weiß Gott, warum ich fragte. Es gab nur eine Antwort, die Sinn machte.

Und die kam. Prompt.

»Und wir haben zwei Schüsse aus demselben Revolver.«

Für einige Sekunden wurde ich paranoid. Ich sah einen verrückten Typen auf Vesterbro umherziehen, fest entschlossen, jeden in Reichweite zu erschießen und anschließend – zu lachen.

Ich sah einen Albtraum voraus. Einen Albtraum, so schwarz und bodenlos wie sonst nur das Leben selbst. Ich nahm mich zusammen.

»Wie viel darf ich davon schreiben?«, fragte ich.

»Keine Verknüpfung«, sagte Ehlers. »Um Himmels willen, kein Wort darüber, dass es derselbe Revolver war! Wir wollen keine Hysterie ...«

»Nein, ist schon klar«, antwortete ich. »Wir haben Seveso, Tschernobyl, Thule und all diese Bagatellen, aber hier im Revier können wir keine Hysterie gebrauchen. Zum Teufel, was hältst du von der Idee, die Leute zu warnen?«

»Was könnten sie schon tun?«, sagte Ehlers fast sanft. »Die können doch überhaupt nichts tun – außer Tag und Nacht zu Hause bleiben und von Konserven leben wie im Krieg.«

»Was willst du denn machen?«

»Alles, was ich kann. Was sonst? Zunächst: eine Fahndung. Aufklärung über Blackies Leben und Tun. Jetzt haben wir seinen Namen, also ist es eine Frage von Minuten, wann Kaspersen zu seiner Wohnung fährt, und dann weiß Gott, was wir da finden.«

»Wahrscheinlich gar nichts.«

»Was meinst du damit?«

»Dass man bei Menschen wie Blackie hinterher nie etwas findet. Als ob sie nie da gewesen wären. Sie sind nur ein flüchtiger Streifen Rauch – ein Gespenst an einem Billardtisch, eine hinterlassene Zigarette im Aschenbecher.«

»Und du sagtest vorhin, dass *ich* wie ein moderner Lyriker klinge?«

»O. k., o. k. ... Ich gebe auf. Alle Kegel, Rot und eingelocht.«

»Sprich endlich dänisch, bei allen sieben schwarzen Satanen.«

»Ich meine bloß, ich werde mich schon daran halten, dass es zwei Schuss-Episoden in Vesterbro gegeben hat, nichts anderes. Du hast das Sagen. Aber wenn ich du wäre – und das könnte ich in meinen schlimmsten Albträumen sein, Gott sei Dank nicht sonst! –, würde ich gut auf Anne aufpassen.«

»Da kannst du Gift drauf nehmen.«

Ich sagte auf Wiedersehen, und wir trennten uns. Ich latschte die lange Treppe von der Polizeiwache hinunter und auf den Halmtorvet. Die Kälte schlug mir ins Gesicht, und es bot sich nicht die geringste Chance zurückzuschlagen. Ich hatte Lust, zurück zu Billy's Bodega zu gehen und zu hören, was dort vor sich ging – aber ich wusste, es war meine Pflicht (das abscheulichste Wort in unserer Sprache), zum Bladet zu gehen und zu arbeiten.

Wie gewöhnlich gewann meine Lust. In meinen täglichen Länderspielen zwischen Pflicht und Lust gewinnt fast immer die Lust auf Grund ihres offensiven Angriffsspiels.

Als ich bei Billy eintrudelte, war das Publikum ein anderes. Die Billard-Spieler waren gegangen, der Billard-Raum geschlossen, und die Stimmung ließ keinen Gedanken an Panik und Sperrstunde aufkommen. Zu meiner Verwunderung sah ich, dass es um Mitternacht herum war – wieder einmal.

Die Einzigen, die ich erkannte, waren die beiden Overalls. Auch sie hatten mich wiedererkannt und luden mich mit einer gastfreundlichen großzügigen Geste an ihren Tisch ein. Ich dachte, sie wollten mir vielleicht etwas erzählen.

Das wollten sie nicht. Sie waren nur freundlich – und über alle Maßen betrunken.

»Nein«, sagte der Kumpel, offenbar als Komponente in einem fortlaufenden kollegialen Dialog über die mannigfaltigen Möglichkeiten des Daseins. »Nein, du weißt ja, ich war in den Schlachthöfen und habe fünf Jahre lang Schweine zerhackt! Fünf Jahre! Und ich war derjenige, der ihnen die Köpfe abtrennte, bevor sie auf den Transportbändern weiterflutschten. Der Standard-Witz war, dass ich immer so viele neue Gesichter sehe.«

Der Kumpel grinste.

»Du, das stimmte sogar!«, beteuerte der Freund. »Das hab ich wirklich! Schweine sind genauso verschieden wie wir anderen!«

»Oder genauso wenig verschieden«, dachte ich.

Die Pflicht nahm ihre letzte Chance wahr und verbündete sich mit der Müdigkeit, was für beide ein Gewinn war. Ich erhob mich und ging – ein relatives Wunder, selbst wenn es nicht auf dem Wasser geschah, aber da alles zugefroren war, fühlte ich mich in dieser Hinsicht entschuldigt – persönlich zum Bladet.

»Ausgezeichnet«, sagte Otzen, nachdem er gesehen hatte, was ich unter der Rubrik »Mord auf dem Spielplatz« zusammengeschustert hatte. (»In der Abel Cathrines Gade wurde gestern der bescheidene Treffpunkt unschuldiger Kinder zum Schauplatz eines kaltblütigen Mordes ...«) »Ausgezeichnet! Aber dann gibt es ja wohl auch keinen Grund mehr, dass wir deinen Namen in der anderen Geschichte noch länger geheim halten?«

»Doch«, sagte ich. »Mehr als je zuvor.«

Wir starrten uns unverwandt an.

Ich gewann. Otzen hatte seine Zigarre im Mundwinkel, und Zigarrenrauch macht es einem schwer, so richtig zu starren. Der kommt einem in die Quere.

Beim Boxen spricht man von einem technischen Knockout. Ich rauchte nicht – in gerade dieser Minute.

Ich ging nicht einmal ins Stjernecafé, als ich zurück durch die Istedgade kam. Ich war nicht in der Stimmung, Telefonanrufe entgegenzunehmen.

Ich ging direkt nach Hause. Notiert euch das bitte, damit ihr es nicht vergesst – Mutter und heiliger Petrus.

In der Diele lag ein kleiner, süßer Zettel von Gitte, von einem Notizblock abgerissen.

Darauf stand: »Liebling: Wo bist du bloß gewesen?«

Gute Frage.

Zweiter Teil

10

Als ich am nächsten Morgen aufwachte, waren die Fenster zugeschneit. Nachdem ich mich durch ein sturmgepeitschtes Sibirien in Taschenbuchformat den ganzen Weg zu Ronnie durchgekämpft hatte, kam ich mir vor wie ein arktischer Vollblutheld und vermisste nur den Fackelzug bei meiner Ankunft.

Ronnie schenkte mit abwesender Miene Kaffee ein.

»Hm«, sagte er, und »hm« ist ein großes Wort aus Ronnies üblicherweise fest zusammengepresstem Mund. »Das hier gefällt mir nicht.«

Er stand mit dem Bladet da. Und es war mein Artikel, auf den er zeigte.

»Nein«, antwortete ich. »Da bist du nicht allein. Kanntest du ihn?«

»Nicht richtig«, sagte Ronnie und rollte nachdenklich seine Filter-Zigarette im Mundwinkel hin und her. »Ich hab ihn ab und zu getroffen. Er wirkte nicht wie ein Typ, den man aus irgendeinem Grund ermorden muss.«

»Ronnie«, sagte ich mit einer Prise Sarkasmus. »Du musst etwas wissen, was ich nicht weiß. Wer ist der Typ, den man aus irgendeinem Grund ermorden muss?«

»Einer, bei dem was zu holen ist – besonders was, das man selbst gern haben möchte. Nicht einer mit Sozialhilfe.«

»Es gibt noch anderes im Leben als Geld, Ronnie. Er könnte z. B. irgendjemandem das Mädchen ausgespannt haben.«

»Der? Der könnte kein Mädchen ausspannen. Höchstens eine Nutte kaufen zum doppelten Preis – nach einer Entlausung.«

»Was glaubst du dann?«

»Ich glaube überhaupt nichts, zum Teufel noch mal. Ich habe zu lange in diesem verdammten Viertel gewohnt, um irgendetwas zu glauben. Ich habe mir nur vorgenommen, vorsichtig zu sein.«

»Das bist du doch immer gewesen.«

»Sonst hätte ich hier auch nicht so lange gewohnt. Wie wäre es mit einem Bitter für den Hals – bei diesem Wetter?«

»O. k.«

Wir tranken den Schnaps. Und fünf Minuten später überließ ich Ronnie seinen melancholischen Meditationen und langjährigen Memoiren von der Istedgade, um via Halmtorvet zur Polizeiwache zu stapfen, diesmal zur Abwechslung mit dem Schnee im Rücken.

Ehlers saß im Mantel. Entweder war er gerade gekommen, oder er war auf dem Sprung zu gehen.

»Guten Morgen«, grüßte ich.

»Du hast gut reden«, brummte er. »Wie saukalt das ist!«

»Darf ich dich mit dieser sensationellen Aussage zitieren?«

»Ach, halt doch den Mund. Was willst du?«

»Nur hören, ob es was Neues gibt.«

»Worüber?«

»Z. B. über die Haussuchung bei Blackie?«

»Nein. Du hattest Recht. Die hat nicht den geringsten Anhaltspunkt ergeben. Wie oft habe ich solche Wohnungen gesehen. Bett, Tisch, Stühle, dreckige Wäsche, kleine dreckige Küche, einige Einwegspritzen, einige Stapel Zeitschriften – und ein funkelnagelneuer Videorekorder dazwischen, der unter Garantie gestohlen ist.«

»Ausweis und Papiere?«

»Alles da – in einer Schublade. Personenkennziffer, Pass, Führerschein – beim Militärdienst erworben. Und ein altes Gewerkschaftsbuch vom Verband der Lager- und Packhausarbeiter – der vor zehn Jahren aufgelöst wurde.«

»Sonst nichts?«

»Nur eine Sache war interessant: eine Mitgliedskarte von Vesterbro Video.«

»Aha.«

»Ich war gerade bei deiner Freundin, um ihr ein Bild von ihm zu zeigen. Sie kann sich gut an ihn erinnern. Er hat öfter Filme ausgeliehen. Gewalt und Pornographie.«

»Pfui.«

»Sie erinnerte sich besonders an ihn, weil er ihr eindeutige Avancen gemacht hat. Aber das tun die meisten, sagte sie.«

»Warum hat sie sich dann besonders an ihn erinnert?«

»Weil er sich so leicht zurückweisen ließ. Das ist bei den meisten nicht der Fall.«

»Ich verstehe. Wusste sie mehr über ihn?«

»Nein.«

»Und habt ihr noch mehr herausgefunden?«

»Beide Eltern sind tot, aber es gibt einen Bruder in Næstved. Ich habe ihn angerufen. Er kommt heute Nachmittag – 15.00 Uhr. Wenn du willst, kannst du dabei sein – aber diskret.«

»Warum plötzlich diese Offenheit in puncto Polizeiarbeit? Ist das eine *Glasnost*-Offensive von Seiten der Verwaltung?«

»Nein, aber ich glaube, dich geht das hier mehr an, als du selbst weißt. Auf dieses Mädchen wurde ja erst geschossen, als sie sich in deiner Begleitung befand.«

»Auf mich wurde auch erst geschossen, als ich mich in

ihrer Begleitung befand. Das ist kein Beweis. Das ist nicht einmal ein Argument.«

»Dann nenne es eben Intuition.«

»O. k., dann nenne ich es so. Wir können es auch Arthur nennen. Meinetwegen. War er zum Spielplatz gegangen, um zu fixen?«

»Ja.«

»Der fatale Fix.«

»Du und deine Schlagzeilen. Ich muss wieder an die Arbeit. Wir sehen uns um 15.00 Uhr.«

»Jawohl, Chef.«

Als ich wieder unten auf die Straße trat, war es, als ob mich die große weiße Geisterhand des Schneesturms emporhob und durch die ganze Helgolandsgade trug – genau zur Istedgade 16, Vesterbro Video.

Es war ein großes Geschäft mit jeweils zwei Schaufenstern auf beiden Seiten des Eingangs. Die Beleuchtung war so hell, als sollte sie ganz Kopenhagen erleuchten.

Die beiden ersten Fenster boten pornographische Orgien, Nonnen präsentierten üppige Brüste, an den Händen gefesselte Mädchen wurden von maskierten Brutalos mit neunschwänzigen Peitschen geschlagen, kleine weiße Nymphen lutschten an meterlangen Negerschwänzen, Frauen liebkosten einander mit Gummi-Dildos und einfältigem Lächeln, während hinter ihnen große gefährliche Hunde lauerten.

Im nächsten Fenster standen die Action-Thriller. Überall auf den ausgestellten Video-Kassetten sah man schwarze, gelbe oder weiße Mannsbilder, ihre Widersacher in Tanklastern, Schützengräben, Flugzeugen, Boxringen oder Laboratorien treten, schlagen, erschießen, abstechen oder zerteilen.

Das letzte Fenster enthielt alte dänische »Komödien für die ganze Familie«. Haufenweise lagen *Die Baronessen von der Tankstelle* aus, *Die Vagabunden auf dem Bakkegård*, die Kämpfe um die *Rote Mühle*, wir sind alle verrückt auf dem *Rundetårn* und *Vater von Vieren* im Schnee auf Bornholm.

What A Wonderful World pfiff ich unerschüttert vor mich hin.

Im Geschäft waren keine Kunden, wahrscheinlich war es zu früh für derlei Transaktionen. Hinter dem Verkaufstresen standen zwei ausdruckslose anonyme Jugendliche beiderlei Geschlechts. Ich sah zu ihnen rein, und sie sahen zu mir raus. Mitmenschlicher Kontakt ersten Grades.

Ich widerstand der Versuchung hineinzugehen, um einen Videofilm für meinen nicht existierenden Videorekorder auszuleihen, und fasste stattdessen den Entschluss, in Richtung Hauptbahnhof zu stapfen.

An diesem Tag war die Istedgade menschenleerer als je zuvor. Auch die Penner und Alkis waren nicht zum Vorschein gekommen. Entweder saßen sie rund herum in den Heizungskellern, oder sie waren beim Herrgott ins Winterlager gekrochen, bei einer der vielen kirchlichen Institutionen, die versuchten, Vesterbros Sünder für kürzere oder (noch besser, wenn auch selten) längere Perioden zu erretten.

Ich ging zum Bladet hinein, stampfte den Schnee von meinen Füßen und fand *mein* bescheidenes Winterlager, mein Büro. Ich zog Hut und Mantel aus und setzte mich auf den einzigen Stuhl, der im »Büro« Platz fand, falls man gleichzeitig noch einen Tisch und einen Papierkorb benötigte.

Ich ging zur Redaktionswache und leerte meine Box. Es lag nur eine Nachricht da, dass ich Gitte in *ihrem* Büro anrufen solle.

Ich rief an. Endlich einmal saß sie nicht in einer Besprechung.

»Ich habe dich so oft angerufen. Ich war sogar oben bei dir. Wo bist du bloß gewesen?«

Ich erläuterte ihr kurz – ohne unnötige Details – den augenblicklichen Stand der Ermittlungen.

Ihre Stimme klang plötzlich ganz weich, als sie sagte: »Pass jetzt aber gut auf dich auf!«

»Das werde ich schon.«

»Ich kenne dich. Du sagst das nur so.«

»Was sonst? Soll ich etwa Grimassen schneiden ins Telefon?«

»Ach, du ... Kommst du denn heute Abend?«

»Wenn du möchtest.«

»Natürlich möchte ich.«

»Und wenn ich kann.«

»Auf Wiedersehen, Schatz.«

Die Welt sah sehr freundlich aus, als ich den Hörer auflegte.

Aber die Welt war nicht Manns genug, an diesem Layout recht lange festzuhalten.

Einen Augenblick später klingelte das Telefon, und die Stimme, die durch den Hörer kroch, war lange nicht so weich und freundlich wie Gittes.

Es war ein schepperndes, metallisches Lachen. Ein inzwischen wohlbekanntes, wahnsinniges Lachen.

Noch einige Minuten später hing es in den Membranen.

11

Zum dritten Mal hörte ich jetzt die Stimme, und jedes Mal ging ich wurstiger damit um. Nicht weil man – philosophierte ich vor mich hin, als ich eine Zigarette ansteckte – im Laufe seines lausigen Lebens so viele, so viel zu viele Stimmen hört, die einem wurst sind. Die Stimmen von Lehrern, Politikern, Pop-Sängern. In der Regel aber richten solche Stimmen sich an alle (d. h.: an so viele wie möglich), und gerade deshalb kann man dichtmachen. Diese Stimme hatte anscheinend mich als exklusives Solo-Publikum auserkoren.

Hatte sie wirklich? Vielleicht war sie schon beim nächsten Anruf. Vielleicht hatte sie eine Liste mit vielen anderen Namen und Telefonnummern, die sie noch vor Feierabend durchackern musste.

Bis zum Treffen bei Ehlers war noch viel Zeit. Allzu viel Zeit. Und es gab nichts, was ich mir in der Zwischenzeit vornehmen konnte.

Gähnend schlenderte ich in die Kantine. Auch wenn ich nicht müde war, brachte die Kantine – oder auch nur der Gedanke an die Kantine – mich immer zum Gähnen. Der Gedanke, tagein und tagaus dort zwischen den »Kollegen« zu sitzen – ein hübscher Ausdruck für eine Zwangs-Gemeinschaft, für eine um den Hafersack versammelte Herde von Maultieren – und die Angelegenheiten des Bladet und der Konkurrenz zu diskutieren und die möglichen Chancen einer Beförderung für den einen oder anderen oder die unwahrscheinliche Dummheit, die der eine oder andere begangen hat – quer durch den Gestank von Kantinenfraß und Muffigkeit –, während draußen vor den Doppelfenstern die Welt unbeirrt ihren Lauf nahm.

Selbst die Wände der Kantine schienen die vielen Jahre Geschwätz von Zeitungsleuten gründlich satt zu haben. Sie erweckten den Eindruck, als brauche man nur mit einem Fingernagel die Farbe wegkratzen, und statt einer Tapete oder Untergrundpapier kämen eine Sintflut von toten, nichtssagenden Wörtern zum Vorschein, die einem regelrecht entgegenstürzten, die Quintessenz von fast hundert Jahren Redaktionsklatsch übelster Sorte würde nach allen Seiten hervorbrechen, wie Kellerasseln unter einem angehobenen Stein.

Die Kantine war ruhig, das Frühstücks-Rennen war überstanden. Ich setzte mich allein an einen Tisch und blätterte die Zeitungen von heute durch. Sie waren so fesselnd wie immer. Seit zehn Jahren machte ich das schon, jeden einzelnen Tag, und weiß Gott wie viele Jahre und Tage ich es noch tun würde.

»Na, wie geht's? Ich höre, man hat endlich versucht, dich zu liquidieren?«, sagte eine muntere Stimme.

Es war Barbara, die schwarzhaarige Barbara, unsere Kummerkasten-Redakteurin, die mit einem freundlichen Lächeln auf den Lippen goldene Ratschläge an bekümmerte Leser verteilte, die um Hilfe in Herzensangelegenheiten baten – Ratschläge, die sie nie im Leben selbst befolgte. Was vielleicht erklärt, weshalb sie eine der wenigen Mitarbeiter beim Bladet ist, die man aushalten kann – ja, von denen man sogar etwas halten kann.

»Woher weißt du das?«

»Otzen natürlich.«

»Das ist vertraulich.«

»Selbstverständlich, selbstverständlich. Es ist auch vertraulich, dass der neue Chef vom Dienst insgeheim schwul ist. Es ist auch vertraulich, dass die Frau des Feuilletonchefs sich tagsüber mit dem Theaterkritiker amüsiert. Es gibt ganz schön viele Vertraulichkeiten hier in der Redaktion.«

»Wie gemein du bist.«

»Du magst das ja. Aber warum schießen sie auf dich? Nicht weil – also ich könnte mir ja viele Gründe denken –, aber es sind wohl nicht *die?*«

»Ich weiß es wirklich nicht. Vielleicht war es einfach Pech. Vielleicht hat man mich verwechselt.«

»Ist es möglich, dich zu verwechseln?«, gurrte Barbara. Sie liebte diesen Ton.

»Im Dunkeln«, sagte ich.

»Auch wenn man dich im Dunkeln kennt?«

Sie lächelte wie eine Katze, die die Maus in die Ecke getrieben hat.

Ich wechselte elegant das Thema.

»Warum bist du so früh hier?«

»Ach, ich habe mich bloß gelangweilt – so allein zu Hause.«

»Und dann bist du zur Arbeit gegangen?«

»Wohin sonst? Niemand hat mich eingeladen, oder.«

Sie schickte mir einen vielsagenden Blick.

Wie in einem Wohnzimmer-Drama in einem Boulevard-Theater wurden wir mit perfektem Timing unterbrochen. Ein Rauchschleier kräuselte sich über der Tischplatte und senkte sich wie eine Vorwarnung kreisend herab, und hinter dem Rauchschleier kam eine gigantische Zigarre zum Vorschein, die auch Chefredakteur Otzen eingehüllt hatte, die zeitgenössische Antwort des Bladet auf den verstorbenen Julius Cäsar.

»Barbara«, sagte er. »Mavis möchte etwas von dir. Es geht wohl um den Geburtstag der Königin.«

»Bitte nicht!«, explodierte Barbara und klapperte mit einem Absatz auf dem Boden. »Es sind noch zwei Monate bis dahin!«

»Wir wollen trotzdem schon alles so weit wie möglich vorbereitet haben«, sagte Otzen. »An dem Tag soll es einen Briefkasten für die Königin geben. Und den müssen wir beizeiten planen!«

»Großer Gott!«, sagte Barbara. »Und das bei der Bezahlung!« Sie schnappte ihre Tasche, schnitt mir im Vorbeigehen eine Grimasse und verließ mit klappernden hohen Absätzen die Kantine.

Noch in der Tür wandte sie sich um und streckte mir hinter Otzens Rücken die Zunge heraus.

»Ihr beide wart mal ziemlich gute Freunde, nicht?«, sagte Otzen väterlich, während er drauflos qualmte. Ich tat mein Bestes, um mich für das Heizen zu revanchieren, aber meine Zigarette hatte keine Chance. Das war kein *fair play*.

»Das sind wir immer noch«, antwortete ich.

»Nicht ganz auf dieselbe Weise, oder?«

Ich zuckte die Achseln.

Er verfolgte das Thema nicht weiter.

»Was Neues über den Fall?«

Ich erzählte, was es zu erzählen gab. Es dauerte nur wenige Sekunden.

»Hm«, sagte er. »Und was jetzt?«

»Jetzt höre ich mir erst mal an, was der Bruder sagt, und dann wird man sehen, ob es Stoff genug für einen Hintergrund-Artikel gibt oder ob die Polizei etwas Neues hat. Gewöhnliches Vorgehen.«

»Hast du nicht selbst eine Idee?«

»Momentan nicht.«

»Du hast schon mal mehr Biss gezeigt.«

»Das kommt schon noch. Man kann nicht Jagdhund spielen, ohne eine Fährte zu haben.«

»Dann finde eine.«

»Leicht gesagt.«

»Verdammt, falls hier jemand eine Chance hat, dann bist du es. Du kennst die Gegend, und zwar viel besser, als ich es überhaupt wissen möchte – offiziell. Du kennst die Menschen und kannst mit ihnen reden, genau wie Mavis mit dem Hofmarschall-Amt. Warum treibst du dich nicht in der Gegend herum und hörst dich um? Die Wunde wieder aufkratzen, wie man so schön sagt?«

»Mach mal halblang.«

»Das hast du ganz missverstanden, mein Junge. Erstens hat der Vorstand mich nicht eingestellt, damit ich halblang mache. Zweitens bezahlt er mich ganz im Gegenteil dafür, dass ich mich darum kümmere, dass du nicht allzu oft halblang machst. Und das hast du in letzter Zeit getan. Da kam nicht gerade viel Stoff von dir.«

»Das ist nicht meine Schuld. Auf meinem Gebiet ist einfach nicht sehr viel passiert. Es ist so verflucht kalt, dass die Kriminellen nicht vor die Tür gehen. Sie haben Angst, sich Erfrierungen zuzuziehen oder andere Berufsschäden. Sie sind zurzeit so passiv, dass selbst der Polizeiinspektor sich darüber beklagt. Die Bullen können auf diese Weise nicht in Form bleiben.«

»O. k., o. k., aber jetzt passiert ja endlich etwas. Und du bist obendrein vor Ort. Warum machst du nichts?«

»Was hätte ich denn tun sollen?«

»*Ich* war nicht da. Gewöhnlich holst du mehr raus aus einem Job, das ist alles, was ich sage.«

Ich seufzte tief.

»Gut, dann sagen wir eben das. Ich bin alt und müde, ich ziehe mich hiermit – aus ›gesundheitlichen Gründen‹ – aus dem aktiven Dienst zurück, und es soll mir eine Ehre sein, dir meine schriftliche Kündigung mit heutigem Datum zuzustellen.«

»Quatsch«, sagte Otzen. »Du weißt genau, was ich meine.«

Ich wusste es genau. Ich wusste auch, dass er Recht hatte. Und ich wusste noch dazu warum.

Weil ich wirklich alt und müde war. Weil ich viel zu viele Jahre wie ein dressierter Jagdhund herumgelaufen war, oft mehrere Tage hintereinander, um herauszufinden, wer wen wann und warum umgebracht hatte und weshalb diese Tat gewisse Personen Schritte unternehmen ließ, die ... Weil ich viel zu viele Jahre, hinterher, wenn der Fall gelöst oder seiner Lösung so nah wie möglich gekommen war (»ein abgeschlossener Fall« ist ausschließlich ein juristischer Begriff, es verbleiben immer einige ungeklärte oder unerklärliche Lücken), jedes Mal zum Bladet gelaufen war, um den Fall auf kleinen Papierfetzen zusammenzustückeln, um all die Leidenschaft, die fast immer hinter einem Mord liegt, zu sammeln und innerhalb von einer oder anderthalb Stunden in überschaubare, einigermaßen präzise Sätze zu pressen ... Weil es bei dieser Beschäftigung eine lange Vergangenheit gab, den ständig wachsenden Schatten einer Vergangenheit, aber anscheinend keine Zukunft.

Weil, wenn die Welt so bliebe, wie sie war (worauf vieles hindeutete), ständig neue Morde passieren würden. Andere Menschen würden andere Menschen ermorden. Und wenn es hier in der Stadt geschah, würde ich jedes Mal Ehlers treffen, mit ihm konferieren, herumschnüffeln, zwei und zwei zusammenzählen – und am Ende immer zu später Nachtstunde vom Bladet nach Hause gehen mit dem hoffnungslosen Wunsch, alles schnell zu vergessen.

Dafür kann man doch nicht geboren sein. Die eigene

Mutter kann nicht so große Arbeit geleistet haben für so wenig, für etwas so Gleichgültiges.

Oder vielleicht ist gerade das der Witz.

Falls es ein Witz ist.

»Du sagst gar nichts«, meinte Otzen vorwurfsvoll.

Ich war in Gedanken gewesen. Versunken in diese tonlosen vibrierenden Gedanken, die man in der Kantine bekommt.

»Ich habe die Möglichkeiten erwogen«, antwortete ich würdevoll. »Ich muss sehen, was ich tun kann. Ich gehe davon aus, dass ich mit einer kräftigen Vergütung für meine Wühlarbeit rechnen kann?«

»Natürlich, mein Junge«, sagte Otzen. »Wie gewöhnlich. So kenne ich dich wieder!«

Zur Feier des Wiedererkennens biss er die Spitze einer weiteren Zigarre ab.

Ich blickte mit professioneller Geschäftigkeit auf meine Uhr und erhob mich dynamisch.

»Ich gehe zu dieser Vernehmung«, sagte ich engagiert, so wie Otzen seine Roboter mochte. »Ich rufe heute Abend durch.«

Otzen nickte.

»Lass uns mal etwas Schwung in die Dinge bringen!«, sagte er.

Seine »Dinge« verfolgten mich den ganzen Flur entlang und warfen wie in einer Flüstergalerie von überall ihre Echos zurück. Welche Dinge? Wessen Dinge? Die der Toten? Die der Lebenden? Der Gesellschaft? Des Gesetzes? Bladets?

Die Kälte draußen wirkte reinigend. Man braucht nur in einer stickigen Zeitungskantine gesessen zu haben, um dem eisigen Kopenhagener Schneewetter etwas abzugewinnen.

12

Blackies Bruder war fünf Jahre älter als er, glich ihm aber wie ein Ei dem anderen. Ein dunkler, magerer Mann, der aussah, als hätte ihm das Leben übel mitgespielt. Er sprach langsam, wie jemand, der nach jedem einzelnen Wort sucht, weil er es nicht gewohnt ist, in ganzen Sätzen zu sprechen. Es wäre beleidigend, ihn als Schwachkopf zu bezeichnen, aber übertrieben intelligent wirkte er nicht.

Er war unverheiratet – was offenbar in der Natur der Clausen-Brüder lag –, hieß Leif und arbeitete in einer Holzhandlung in Næstved. Larmoyant räumte er ohne weiteres ein, dass er seinen verstorbenen Bruder nicht so oft gesehen habe.

»Er kam mal zwischendurch und besuchte mich für einen Tag oder zwei«, sagte er. »Vielleicht ein- oder zweimal im Jahr.«

»Kannten Sie seinen normalen Tagesablauf?«

»Eigentlich nicht. Kuno hat nicht viel erzählt. Ich glaube, er hing nur rum – seit er arbeitslos wurde.«

»Kennen Sie einige seiner Freunde?«

»Er hat nie von Freunden erzählt.«

»Oder Freundinnen?«

»Er hat nie erzählt, dass er welche hat.«

»Was haben Sie gemacht, wenn er auf Besuch kam?«

»Ach, wir sind ein bisschen rausgefahren zum Fischen – mir gehört ein Boot zusammen mit einem meiner Kumpel –, und dann gingen wir in die Kneipe und haben Billard gespielt und ein Bier getrunken. Dann übernachtete er meistens bei mir und fuhr am nächsten Morgen wieder zurück in die Stadt.«

»Wussten Sie, dass er drogenabhängig war?«

Leif Clausen drehte sich etwas auf dem Stuhl.

»Ich *wusste* es nicht«, sagte er. »Ich befürchtete es. Ich befürchtete, dass da irgendetwas war. Irgendetwas bedrückte ihn. Jedes Mal, wenn er kam, war er merkwürdiger. Und er trank auch viel zu viel – aber ich dachte, dass Drogenabhängige das gar nicht tun?«

»Einige schon«, antwortete Ehlers. »Das ist ganz verschieden. Inwiefern war er merkwürdig?«

»Wenn er blau war, sagte er immer, dass er es ihnen zeigen will. Eines Tages werden sie eine Überraschung erleben, sagte er.«

»Wer *sie?*«

»Weiß ich nicht. Eigentlich hat er es nicht richtig zu mir gesagt. Er hat es so vor sich hingemurmelt.«

»Sie können uns also nicht helfen?«

»Ich möchte gerne, aber ich hatte so wenig Kontakt zu ihm, seit Mutter starb. Jeder lebte sein Leben an seinem Ort.«

Er schwitzte. Das waren für ihn viele und lange Sätze.

»Ich habe noch ein paar Mal versucht, ihn dazu zu bringen, zu mir zu ziehen«, sagte er schleppend, als ob er sich rechtfertigen wollte gegen eine (noch) nicht ausgesprochene Beschuldigung.

»Ich hätte ihm Arbeit in der Holzhandlung verschaffen können. Aber er wollte nicht aus der Stadt weg. Und an Arbeit war er auch nicht interessiert. ›Stumpfsinnige Schufterei‹ nannte er das.«

»Warum wollten Sie ihn in Næstved haben?«

»Ich hatte Angst, dass er in irgendetwas hineinrutscht.«

Ehlers blickte fragend.

»Etwas Kriminelles, vielleicht. Ich weiß, das hier ist ein gefährliches Pflaster. Er war vorbestraft wegen Diebstahls.«

»Das weiß ich.«

Clausen seufzte, als ob er damit etwas Konkretes sagen wollte – etwas, das er nicht auf andere Art und Weise ausdrücken konnte.

Ehlers erhob sich und gab ihm die Hand.

»Danke, dass Sie gekommen sind«, sagte er. »Ich werde Ihnen Bescheid geben, sobald wir die Leiche freigeben können.«

Der Bruder nickte unbeholfen und ging hinaus.

»Auf Wiedersehen«, sagte er in der Tür.

»Na, was hältst du von ihm?«, fragte Ehlers, als wir wieder allein waren.

»Auf mich wirkt er ehrlich.«

»Auf mich auch. Vielleicht nicht gerade vor Intelligenz sprühend.«

»Man muss nicht so schrecklich gescheit sein, um Bretter auf einen Lastwagen zu stapeln.«

»Nein. Na ja, das bringt uns nicht weiter. Jetzt heißt es herausfinden, wovon Blackie in Wirklichkeit lebte.«

»Er hat doch Sozialhilfe bekommen.«

»Denk einmal nach, Mann. Kennst du den Preis von Morphium?«

»Nur so ungefähr. Ich nehme das nicht.«

»Nicht mehr, wolltest du sagen. Aber ich kenne den Preis. Und ich kann dir versichern, wenn man richtig süchtig ist – und das war er, sagt Bang –, dann kann man sich das auf Dauer nicht leisten mit normaler Sozialhilfe, da gehört mehr dazu – viel mehr. Und das Geld muss er irgendwo hergeholt haben, nicht? Die Frage ist wo und wie.«

»Wie war das mit dem Einbruch?«

»Ja, er war Mitglied einer Bande – vor vier, fünf Jahren. Alle waren ziemliche Amateure. Drei, vier Mann gehörten dazu, und meistens drehte es sich um Ladendiebstahl, wobei sie recht stümperhaft vorgingen. Sie wurden schnell geschnappt und bekamen jeder drei Monate, und seitdem haben wir nur einen von ihnen wieder gesehen – für das gleiche Vergehen. Nicht Blackie.«

»Und wenn du mit denen redest?«

»Wir können es natürlich versuchen, aber ich glaube nicht, dass sie viel zu sagen haben. Außerdem scheint er ein klarer Einzelgänger gewesen zu sein.«

»Wie der Bruder.«

»Ja, das sind schon zwei charmante Männer von Welt, findest du nicht? Die Eltern sind tot. Das war es wohl mit der Familie.«

Ehlers zuckte die Achseln.

»Na«, sagte er. »Schon wieder eine Sackgasse. Davon scheint es hier viele zu geben. Es sieht nicht danach aus, als kämen wir in diesem Fall viel weiter – sofern nicht plötzlich irgendetwas passiert.«

»Ich habe noch einen dieser Anrufe bekommen – diesmal beim Bladet.«

»Es gibt offensichtlich jemanden, der deine Bewegungen sehr aufmerksam verfolgt.«

»Ja, ich fühle mich geschmeichelt über so viel Interesse. Ich überlege, ob ich einen Fan Club gründen soll.«

»Und selbst nachdem du die Stimme dreimal gehört hast, kannst du sie nicht identifizieren?«

»Nein.«

»Versuch sie nächstes Mal auf Band aufzunehmen. Beim Bladet habt ihr doch diese kleinen Tonbandgeräte, die man an ein Telefon anschließen kann, oder?«

»Selbstverständlich. Hauptsächlich damit die Politiker

nicht am nächsten Tag ankommen und behaupten, sie hätten nie so etwas gesagt.«

»Gut, dann benutze so ein Ding – auch an deinem privaten Telefon.«

»O. k. Viel Glück.«

»Danke. Das kann ich brauchen. Bis bald.«

Wieder draußen auf der Straße kämpfte ich mich durch das Schneegestöber zum Stjernecafé und setzte mich in die hinterste Ecke, allgemein die Denk-Ecke genannt. Wer sich dort niederließ, gab zu verstehen – nach den Regeln des Etablissements –, dass er in meditativer Stimmung war und kein Verlangen hatte, zu würfeln oder zu reden.

Wie findet man den Schatten eines toten Mannes?

In einer Großstadt können Tausende von Menschen wie Blackie leben, isolierte Individuen, die alle in ihrer bescheidenen Slum-Wohnung sitzen, jeder mit seinem mehr oder minder traurigen Schicksal. Kleine Rädchen in der Maschinerie des Viertels, Menschen, die man kaum bemerkt – falls sie sich nicht gerade erschießen lassen.

Und doch, wie unbedeutend sie einem auch vorgekommen sein mochten, einige Spuren müssen sie hinterlassen haben, so wie Insekten unter einem Stein ihre kleinen unleserlichen Zeichen in die Erde gedrückt haben, sobald man diesen umdreht.

Irgendeinen Ort musste es geben, wo man anfangen konnte.

Das war es: Kuno war drogenabhängig gewesen. Ein Drogenabhängiger muss seinen Stoff irgendwo herbekommen. Kunos Pusher zu finden, war die einzige Möglichkeit weiterzukommen. Der musste etwas wissen.

Falls man ihn finden konnte. Und falls er, wenn man ihn gefunden hatte, etwas sagen wollte.

Zwei große »falls«, aber viel anderes gab es nicht, was man versuchen konnte.

Ich gab Bob ein Zeichen, mir ein Bier zu bringen, und sah Frank hereinkommen.

Das war eine Idee, ja. Etwas dürftig vielleicht, aber im Augenblick gerade besser als gar nichts.

Ich winkte Frank heran.

Frank ist einer dieser blonden jungen Burschen in Jeans und Lederjacke, von denen hier im Viertel zwanzig auf ein Dutzend gehen. Anscheinend verbrachte er den ganzen Tag damit, von einer Kneipe im Viertel zur nächsten zu ziehen, rumzuhängen und mal mit dem einen, mal mit dem anderen zu quasseln. Manchmal arbeitete er hier und da für ein paar Tage als Aushilfskellner, zu anderen Zeiten war er damit beschäftigt, »hier und da jemandem zur Hand zu gehen«, wie er es selbst nannte. Er spezifizierte nie, worum es dabei ging.

Aber er war gescheit. Er hatte Köpfchen – jedenfalls jetzt noch –, und er hatte mir schon früher mit nützlichen Tipps und Informationen geholfen.

»Frank«, sagte ich, »hast du heute Nachmittag etwas vor?«

»Nein – nichts Besonderes. Warum?«

»Setz dich mal. Ich gebe einen aus. Spielst du Billard?«

»Recht gut. Mein Alter war der Hai hier. Er hat es mir beigebracht.«

»Gut. Dann hör einmal zu. Kanntest du Blackie?«

»Der, der gestern erschossen wurde?«

»Genau.«

»Nur vom Sehen.«

»Ausgezeichnet. Jetzt hör einmal gut zu ...«

13

So hatte ich jedenfalls etwas bewirkt. Ich hatte jemandem zu einer Arbeit verholfen. Meinem persönlichen Spion.

Frank war zu Billy's Bodega gegangen mit fünfhundert Kronen in der Hosentasche und dem verheißungsvollen Versprechen, dass es da, wo die herkamen, noch mehr gebe. Seine Anweisungen lauteten, Billard zu spielen und Bier zu trinken, so lange sein Durchhaltevermögen es zuließ, und einfach zuzuhören, was gesagt wurde, und es sich hinter die Löffel oder aufzuschreiben, wenn jemand etwas über Blackie sagte, was unter diesen Umständen fast unvermeidlich war. Falls – wenn – er die Bekanntschaft einer solchen Person machte, war es unter Umständen erlaubt, einige vorsichtige Fragen zu stellen, aber er durfte nicht mehr auffallen, als unbedingt nötig. Er sollte einfach nur den netten Kerl und Mann unter Männern mimen.

Frank hatte gesagt, dass das ein Job für ihn sei. Bezahlt werden, um Billard zu spielen, zu quatschen und Pilsener in die Kloake zu spülen, schien ihm das ideale Arrangement. Er träumte schon von einer Lebensstellung. Er verlangte nicht einmal bezahlte Überstunden oder Ferien, und ich musste unbedingt versprechen, auch ein nächstes Mal Bescheid zu sagen.

Das versprach ich.

Es war gerade erst 17.00 Uhr, aber die Dunkelheit senkte sich schon wie eine schwarze Decke über die Stadt. Stammgäste auf dem Heimweg von der Arbeit sammelten sich an der Bar des Stjernecafés. Der Schnee fiel unbekümmert weiter, als ob er einfach nur eine Postkarte kolorierte.

Gitte würde frühestens in ein paar Stunden zu Hause sein. In der Zwischenzeit fühlte ich mich gehalten, auch etwas zu tun.

Ich dachte, ich könnte mir auf jeden Fall Blackies Wohnung etwas näher ansehen. Was gesehen wird, hängt, wie ein kluger Mann einmal betonte, von den Augen ab, die sehen, und die Polizei kann nun mal nicht anders, als mit Polizei-Augen zu sehen. Zwischendurch, selten genug zwar, kann ein Journalisten-Auge etwas anderes sehen.

Oder es sich jedenfalls einbilden.

Also nickte ich dem Stjernecafé meinen Abschiedsgruß zu und stiefelte noch einmal zum Revier am Halmtorvet.

Ehlers habe die Wache verlassen, sagte Kaspersen. Seine Frau sei krank geworden. Er sei mit heulender Sirene nach Hause und habe angeordnet, ihn nur im äußersten Notfall zu stören: in Angelegenheiten, die das Königshaus betreffen, den Ministerpräsidenten oder die Fußball-Nationalmannschaft.

Ich brachte mein Anliegen vor.

»Hm«, sagte Kaspersen mechanisch. »Das ist natürlich gesetzwidrig.«

»Natürlich«, räumte ich bereitwillig ein. »Das ist es, höchstgradig. Aber sicherlich würde Ehlers mir trotzdem die Erlaubnis geben.«

»Tja«, sagte Kaspersen. »Das würde er wahrscheinlich.«

Kaspersen sah jedoch immer noch nachdenklich aus.

»Ich bringe die Schlüssel sofort zurück«, sagte ich mit all meiner Überredungskunst.

»*Den* Schlüssel«, sagte er. »So schnell wie möglich, klar? Es ist Nr. 7, zweiter Stock.«

Er wühlte in einer Schublade.

»In der Abel Cathrines Gade?«

»Ja. Hier. Du beeilst dich, hörst du?«

»Ja, ja. Bist du so nervös?«

Er sah aus, als würde er für einen Augenblick ernsthaft über meine Frage nachdenken. Dann sagte er, ehrlich und intelligent wie er nun einmal war – und es kann wirklich nicht einfach sein, wenn man beides auf einmal ist:

»Ja, das bin ich. Es ist das erste Mal, dass ich allein-verantwortlich für den ganzen Distrikt bin.«

»So ist das eben, einmal ist immer das erste Mal.«

»Ja, aber ist nicht jeder nervös, wenn er etwas zum ersten Mal macht – selbst wenn er genau weiß, dass er es machen *muss?*«

»Doch, selbstverständlich. Tröste dich damit, dass Musiker und Showleute sagen, Nervosität produziert Adrenalin, das in Energie umgesetzt wird.«

»Deine Worte sind Musik in meinen Ohren.«

»Auf Wiedersehen.«

Die Straßen waren immer noch wie ausgestorben, als ich die Polizeistation verließ und in die Abel Cathrines Gade einbog. Ich blickte durchs Fenster von Billy's Bodega und sah Frank über den Billardtisch gebeugt mit einem Queue in der Hand und drei anderen Spielern um sich. Einen von ihnen erkannte ich wieder: es war der »Schlips« von gestern.

Frank war an der Reihe und bereitete einen Stoß vor, und er hatte eine gute Position. Es sah nach vier Kegeln und Rot aus. Selbst *ich* hätte hier stoßen können, wenn der Weiße auf dem Silbertablett direkt in der Mitte serviert wird und der Rote so liebenswürdig auf einen sicheren Treibball wartet.

Ich zog mich in den Schatten zurück, um zu sehen, wie er die Sache gestaltete.

Er zielte, kreidete die Pomeranze ein auf seinem Queue, zielte wieder – und ging die Sache sehr ruhig an. Er gab sich mit sechs Kegeln zufrieden. Er unterspielte, aber er machte es gut. Nicht zu viele allzu professionelle Punkte, dass jemand misstrauisch wurde, aber auch nicht so wenige, dass er als Anfänger abgestempelt wurde. Er verrichtete seine Arbeit und wusste – jedenfalls jetzt noch –, warum er da war.

Nr. 7 lag dem »Spielplatz« genau gegenüber. Als ich vor der Tür stand, dachte ich einen Augenblick, warum Blackie, der Idiot, nicht einfach zwei Treppen hoch gegangen war für seinen Fix.

Wenn er das getan hätte, wäre er heute noch am Leben.

Und wenn und wenn und wenn . . .

Die Straßentür war offen, und es gab keine Sprechanlagen oder sonstige Knöpfe zu drücken. So etwas interessierte hier nicht besonders.

Das Treppenhaus roch im Großen und Ganzen wie mein eigenes und wie die meisten hier im Viertel: nach einer Mischung aus morschem, halbverrottetem Holz, undichten Rohren und Installationen, den Mahlzeiten der letzten zwanzig Jahre und Küchenherden und Gaskochern, deren Ausdünstungen wegen mangelnder Ventilation in den Anstrich gekrochen waren, und Verschleiß. Verschleiß an Treppen, Wänden, Menschen.

Im Erdgeschoss war ein »Sex Cinema«. Man hatte die violetten Gardinen ganz zugezogen. Durch den violetten Farbfilter schien das Licht von drinnen hart auf den Schnee.

Es gab vier Etagen mit jeweils zwei Wohnungen, jede mit drei Fenstern zur Straße. Ich wusste es fast schon, bevor ich es gesehen hatte. Instinktiv erkannte ich das Haus, so wie

Ehlers es erkannt hatte. Es war die typische anonyme Mietskaserne einer Großstadt. In so einer wurde ich geboren. In so einer habe ich den größten Teil meines Lebens gelebt. Die Chancen stehen neunundneunzig zu eins, dass ich in so einer auch sterben werde.

Im ersten Stock wohnten Nielsen und Larsen mit ihren grünen Türschildern. Weder Nielsen noch Larsen schienen zu Hause zu sein. Der einzige Laut, wenn man die Treppen hinaufstieg, war ein entfernter Klang, der sich anhörte wie heiße, aufheizende Filmmusik vom Sex Cinema.

Im zweiten Stock musste ich auf den Luxus einer Treppenbeleuchtung verzichten. Ich entzündete ein Streichholz für meine Unternehmung und sah, dass der Bewohner zur Linken Riemer hieß. Riemer war zu Hause. Riemer hörte Nachrichten. Und Riemer wollte – für jeden unverkennbar, der mit funktionierenden Nasenlöchern an der Tür vorbeiging – gelbe Erbsen zu Mittag essen.

Jedem das Seine.

Rechts stand »K. Clausen« mit großen, unbeholfenen Buchstaben, geschrieben mit einem Filzstift auf ein Stück Pappe, das mit zwei Reißnägeln befestigt war.

Der Schlüssel passte. Auch wenn er nur eine dekorative Funktion hatte. Die Tür war anscheinend aus Pappe gemacht, und jede halbwegs energische Person von mittelgroßem Körperbau, egal ob Mann oder Frau, hätte sie einschlagen können.

Ich schloss die Tür leise hinter mir und stand in der Diele. Der Lichtschalter befand sich, wo Lichtschalter sich immer befinden und immer befinden werden, gleich drinnen rechts, gegenüber der Garderobe. Es gibt doch gewisse Dinge in diesem Leben, auf die man sich verlassen kann.

Die Diele enthielt eine Lederjacke, eine Windjacke und ein paar Stiefel. Außerdem gewährte sie Zugang zu einer kleinen Toilette, die zum Wohl der Benutzer über den Luxus eines Waschbeckens verfügte, nebst einem Stück Seife, einer Tube Zahnpasta, einer Zahnbürste und zwei Handtüchern als Zubehör. Kuno Clausen war kein leidenschaftlicher Käufer von Kleidung, Mode, Schmuck, Parfüm, Hautcreme oder Aftershave gewesen, so viel war sicher. Es gab nicht einmal einen Rasierapparat.

Der fand sich aber dann auf einem Tisch im Wohnzimmer, gerade neben einem leeren Teller mit den erstarrten letzten Resten von etwas, das einmal Spiegeleier gewesen sein könnten. Neben dem Teller verzeichnete ich wieder einmal mit Stolz die gestrige Ausgabe des Bladet. Wir hatten einen Leser verloren.

Das Wohnzimmer war, wie Ehlers richtig gesagt hatte, vorhersehbar. Altes Sofa, Allzweck-Tisch, einige Stühle, ein Regal, eine Hausapotheke, ein Barschrank.

Die letzten drei Möglichkeiten schienen mir am interessantesten.

Der Barschrank, vermutlich der Stolz seines Besitzers, sah aus, als wäre er in einer Reihenhausgegend 1955 beim Ausverkauf auf einem lokalen Flohmarkt erworben worden, und beinhaltete eine fast leere Flasche Whisky, eine halbe Flasche Rum und fünf Starkbier.

Das Regal enthielt einige Quadratmeter an alten Zeitschriften, Pornomagazinen, Western, billigen Kriminalromanen, Kung Fu-Zeichenserien und Phantom-Comics. Blackie hatte sich anscheinend nicht in Homer, Dante oder Shakespeare vertieft. Aber wer tut das schon heutzutage? Die Hausapotheke war eindeutig der bestsortierte und am strengsten geordnete Teil der Einrichtung. Der Verstorbene hatte sich allem Anschein nach einer ausgesuchten Kollektion von *Uppers* und *Downers* bedient. Es gab Ephedrin, es gab Mogadon, es gab Methadon, es gab …

Meine Hand hielt plötzlich inne, wie festgefroren um ein weiteres Pillenglas. Ich erstarrte. Ich hörte ein Geräusch hinter meinem Rücken.

Ein leises, zaghaftes Geräusch, aber kein Geräusch, das man verwechseln konnte.

Ein Schlüssel drehte sich im Schloss.

14

Die Tür wurde genauso sorgsam und diskret geöffnet, wie ich selbst es vor ein paar Minuten getan hatte.

Sofort huschte ich unauffällig ins Schlafzimmer. Ein ausgezeichneter Aussichtsposten für das gesamte Wohnzimmer.

Eine zierliche Person trat ins Zimmer – ohne jeden unnötigen Lärm. Es war eine Dame. Nein, eben *keine* Dame. Aber doch eine Frau. In schwarzer Lederkleidung mit hohen Stiefeln, tief dekolletiert, eine Lacktasche in der Hand, so disharmonisch aufdringlich duftend wie das umfangreiche Warenlager einer ganzen Parfümerie.

Kein Zweifel, welchem rechtschaffenen, angeblich uralten Gewerbe sie nachging.

Sie blickte sich unruhig um, wie um zu rekognoszieren. Da sie nichts Bedrohliches sah – auch mich nicht –, ging sie zielbewusst zur Hausapotheke, von der ihre Ankunft mich verjagt hatte.

Sie öffnete ihre Lacktasche, öffnete die Hausapotheke und begann schnell und nervös, diverse kleine Pillengläser in die Tasche zu packen.

Ich befand die Zeit reif für mein Erscheinen. Ohne den Versuch zu machen, meine Schritte zu dämpfen, ging ich gewichtig und wohlüberlegt hinter ihrem Rücken auf sie zu.

»Guten Abend«, sagte ich mit einer so tiefen Stimme, wie ich hervorbringen konnte. »Was suchen Sie hier?«

Das Mädchen drehte sich um mit großen, ängstlichen

blauen Augen. Von Nahem sah sie sehr jung aus. Jung, aber verbraucht. Verschlissen, wie alles mögliche andere in diesen Straßen.

Sie starrte an mir vorbei zur Diele hin, als berechne sie ihre Chancen für einen schnellen, fieberhaften Fluchtversuch.

Ich schloss die Tür zur Diele und stellte mich davor, mit meinen knapp zwei Metern, als ob die Tür eine solide Verstärkung brauchte.

Sie sah mich mit einem völlig unpersönlichen Blick an, als wäre sie eine Damenschneiderin, die Maß nahm für einen Rock, und setzte sich dann aufs Sofa, die Beine übereinander geschlagen, und steckte sich mit einem resignierten Seufzer eine Zigarette an.

Sie hatte große schwarze Ränder unter den Augen. Sie sah aus wie eine, bei der immer alles schiefgegangen war und die sich daran gewöhnt hatte und nicht länger erwartete, dass es irgendwann einmal anders sein würde.

»Polizei?«, fragte sie.

Ich nickte gebieterisch und räusperte mich auffordernd.

»Ich wollte nur …«, sagte sie mit einer Handbewegung zur Tasche. »Ich habe erst heute Abend davon gehört …«

»Was haben Sie heute Abend erst gehört?«

»Dass Blackie tot ist.«

»Und dann?«

»Dann … dachte ich nur, ich könnte mir genauso gut holen, was er so an Pillen hat, nicht wahr? Ich meine, so gesehen ist das doch kein Einbruch … Ich dachte nur, genauso gut könnte ich sie bekommen. Da hätte er nichts dagegen gehabt.«

»Sie haben einen Schlüssel?«

»Sagen Sie ruhig du, das bin ich gewohnt. Ja, habe ich. Er hat ihn mir selbst gegeben.«

Sie schien nicht mehr so ängstlich. Ich warf mir vor, offenbar nicht angsteinflößend genug zu wirken. Zum Teufel auch, aber Mädels mit solch einem lehrreichen Hintergrund werden, was Männer angeht, schnell zu Psychologen, sodass sie ganz gewöhnliche hundert Prozent normale nette Kerle erkennen, auch wenn diese sich hinter der gebieterischen, majestätischen Maske der Ordnungsmacht verstecken.

Ich steckte mir selbst eine Zigarette an und setzte mich ihr gegenüber. Sie setzte sich sofort etwas besser zurecht und strich mit den Händen behutsam über ihren Lederrock, streichelte ihn, als wäre er eine Katze.

»Ihr wart also Freunde?«

Sie ruderte mit den Händen, als wollte sie mit einer Geste ausdrücken, dass man das einerseits gut sagen konnte, aber andererseits vielleicht doch nicht ganz das präzise Wort getroffen hatte – le mot juste – wie die Franzosen sagen.

»Raus mit der Sprache!«, sagte ich und hoffte, dass es brüsk genug klang. »Wie heißt du? Wo wohnst du? Wie gut kanntest du Blackie? Komm, sing mir was vor. Du sitzt hier viel besser als auf dem Revier. Und wenn du hübsch und laut und deutlich erzählst, muss ich dich vielleicht gar nicht mit aufs Revier nehmen.«

»Ich habe nichts getan«, sagte sie kampfbereit.

»Fang endlich an!«, forderte ich sie nochmals auf. »Wir suchen einen Mörder. Wir müssen denjenigen finden, der Blackie erschossen hat. Je mehr wir wissen, desto größer ist unsere Chance, ihn zu fassen. So sieht es aus. Große und kleine Beiträge werden dankbar und erwartungsvoll entgegengenommen. Leg los.«

Sie ruderte wieder mit den Armen. Vorsichtig ließ sie die Zunge ein paar Mal über die Lippen gleiten, als ob die Sprechorgane zunächst einmal angefeuchtet werden müssten.

»Ich heiße Monica«, sagte sie tonlos, so langsam, als versuchte sie, sich selbst zu überzeugen, und als hätte sie sich immer noch nicht an ihren Namen gewöhnt. »Monica Michelsen. Ich arbeite im Sex Cinema im Erdgeschoss. Als Gastgeberin.«

»Gastgeberin?«

»So heißt das.«

»Wo wohnst du?«

»Hotel Paris.«

Ein Dirnenhotel in der Colbjørnsensgade. Es passte alles zusammen.

»Also weiter. Woher kennst du Blackie?«

»Von hier. Ich bin ein paar Mal die Woche gekommen und habe ihm eins besorgt.«

»Ihm eins besorgt?«

»So nennen wir das.«

»Aha.«

»Es war sehr schwer, mit ihm umzugehen. Er konnte fast nicht mehr. Sein Drogenkonsum war zu hoch, und er trank zu viel. Er brauchte Hilfe.«

»Die hast du ihm also gegeben?«

Sie antwortete nicht, und das war auch nicht dringend notwendig.

»Aber dazu brauchtest du doch keinen Schlüssel?«

»Er war abends fast nie zu Hause, da ging er immer zum Billardspielen – darum gab er mir den Schlüssel, damit ich zwischendurch mich hier oben hinsetzen und zehn Minuten entspannen konnte, wenn sich die Gelegenheit bot, anstatt die ganze Zeit da unten zu sein. Nur um etwas allein zu sein.«

»Was wenn sie dich brauchten?«

»Dann kam schnell eine der anderen hoch und klopfte.«

»Wie viele seid ihr?«

»Vier – feste. Und einige, die nur gelegentlich kommen.«

»Kannten die anderen Blackie auch?«

»Nur als jemand, der im Haus wohnte und den ich kannte. Mein Kunde.«

»Bist du dir sicher?«

»Ich kann sie gern fragen«, antwortete sie ruhig und steckte sich eine neue Zigarette an. »Wenn du das möchtest.«

Sie sagte das auf die selbstverständlichste Weise, als wäre sie ein Dienstleistungs-Betrieb für die uneingeschränkte Erfüllung eines jeden Bedürfnisses und voll zufrieden mit dem Stand der Dinge.

»Blackie war drogensüchtig. Bist du das auch? Bist du hier hoch gekommen, um zu fixen?«

»Nein, ich habe Angst vor Spritzen. Ich kann Nadeln nicht ausstehen. Jedes Mal, wenn er das getan hat, habe ich die Augen zugemacht.«

»Du warst gerade dabei, die Hausapotheke zu leeren.«

»Pillen mag ich gern. Besonders solche, die einen etwas schläfrig und dösig machen, sodass man nicht über so viele Dinge nachdenkt.«

»Du findest das gut, nicht zu viel zu denken?«

»Ja, du nicht?«

»Ich *muss* zwischendurch, das ist meine Arbeit. Hat Blackie dir Pillen beschafft?«

»Er ›beschaffte‹ nicht, wenn du das meinst. Er verkaufte nicht. Aber er hatte fast immer welche stehen. Er selbst nahm auch viele.«

»Er hat offenbar von allem etwas genommen?«

Sie nickte.

»Und mischte alles durcheinander. Oft hatte er Krämpfe von irgendeinem Mittel, und dann nahm er etwas anderes und schlief ein, und wenn er dann wieder aufwachte, nahm er was drittes, um einen klaren Kopf für die Kneipe zu bekommen. Es ging ihm nicht sehr gut. Ich glaube, wenn er noch am Leben wäre, würde er sagen, dass er gar nicht so traurig darüber ist, tot zu sein. Entschuldigung, das ist natürlich Quatsch, aber ...«

»Ich verstehe, was du meinst.«

»Er hatte nicht so viel vom Leben.«

»Hast du das?«

Sie lächelte nur.

Es war ein sehr anziehendes, sehr zweideutiges Lächeln. Es gab die Frage an mich weiter.

Der Rock bekam noch ein paar zusätzliche Striche.

Ich streckte mich unwillkürlich auf dem Stuhl, hörte aber gleich wieder damit auf, als ich sah, wie professionell sie meine sogenannten Körpersignale studierte. Es klopfte an der Tür. Drei Mal, wie ein abgesprochenes Signal.

»Monica«, rief eine Mädchenstimme.

»Komme!«, antwortete sie, drückte die Zigarette aus und sah mich fragend an, wie ein Schulmädchen.

Ich nickte.

»Darf ich die hier mitnehmen?«, fragte sie und zeigte auf die Pillengläser in der Handtasche.

Ich nickte wieder. Ich war kein Polizist.

Und Blackie hatte man erschossen. Es gab keinen Grund, die hinterlassenen Reste seiner Hausapotheke in der Hoffnung auf eine ständige Ausstellung im Kopenhagener Stadtmuseum aufzubewahren.

Sie schloss die Tasche und erhob sich schnell.

»Du bist schon süß«, sagte sie. »Ich dachte gar nicht, dass Bullen so süß sein können.«

Sie gab mir einen Kuss auf die Wange. Einen sehr feuchten Kuss. Einen Express-Kuss. Einen Sekunden-Kuss.

»Schau mal heute Abend bei mir vorbei oder auch morgen«, sagte sie. »Vielleicht kann ich dann noch mehr erzählen.«

Sie war aus der Tür, bevor ich überhaupt den Lippenstift abwischen konnte.

15

Wieder allein, ohne dekorativen Lippenstift auf meiner Wange, setzte ich meine Untersuchung von Blackies irdischen Besitztümern fort.

Ich ging so gründlich zu Werke, als wäre ich jahrelang auf der Polizeischule gewesen. Ich wühlte in seiner dreckigen Bettwäsche, ohne anderes zu finden als giftgelbe Urinflecken auf einem zerschlissenen Laken. Ich sah mich in der kleinen, äußerst bescheidenen Küche um, wo ich feststellen konnte, dass er seinem Erben unter anderem ein halbes Weißbrot, einen Karton B-Eier und zweihundertfünfzig Gramm Butter hinterlassen hatte. In einem der Küchenschränke fand ich einige unbenutzte, noch verpackte Einwegspritzen. Auch die konnte ich nicht brauchen.

Ich entschloss mich, noch einmal das Wohnzimmer unter die Lupe zu nehmen, allein um meine Tatkraft zu beweisen, jetzt wo ich ein empfängliches Publikum hatte, und es dann gut sein zu lassen.

Ehlers hatte Recht gehabt: Der Videorekorder des Verstorbenen musste gestohlen sein. Schick, neu, glänzend und demonstrativ Hightech passte er schlecht zu den abgewetzten Stühlen und dem verblichenen Sofa, beides wahrscheinlich direkt aus einem Container in nächster Umgebung geliefert.

Neben dem Videorekorder lagen zwei Filme von Vesterbro Video: *Liderliche Schulmädchen* und *Ilsa: She Wolf of the SS.*

Ich verstand allmählich, was Monica damit meinte, dass Blackie »Hilfe brauchte«.

Ich steckte mir noch eine Zigarette an und widmete dem Tisch ein letztes Mal meine Aufmerksamkeit. Außer zwei inzwischen randvollen Aschenbechern – an deren Zustand ich meine Mitschuld einräumen musste – gab es keine neuen, aktuellen Überraschungen.

Doch, unter einem der beiden – unter dem, den das Mädchen benutzt hatte – lagen einige Blatt Papier, kleine Zettel, wie von einem dieser gratis Taxiblöcke abgerissen, die man in der Regel in Kneipen gebraucht.

Richtig. Logo und Telefonnummer von »Isted-Taxi« standen ganz oben.

Ich zog sie hervor und betrachtete sie genau. Sie waren mit unsicherer Hand geschrieben – wahrscheinlich dieselbe, die auch das Türschild ausgeführt hatte – und sahen aus wie Spiel-Rechnungen. Jemand hatte Zahlen zusammengezählt, manchmal auch abgezogen, und zwischendurch unterstrichen. Bei einzelnen Zahlen fand sich eine Figur am Rand, eine Figur wie ein Dreieck, das nach links zeigt: ◁. Vielleicht war es ein Code für besonders gute Schläge, Stöße, Spiele oder was auch immer.

Ich steckte die Zettel in die Tasche, nahm die Videos unter den Arm, verschloss die Tür wieder hinter mir, dachte einen Augenblick daran, ob ich nach Monicas Schlüssel fragen sollte, und beschloss dann aber, dass es nicht viel Sinn machte. An einem Geschäfts-Abend mit viel Betrieb konnte sie sicherlich einen ruhigen Rückzugsort gut gebrauchen. Warum nicht freundlich gegenüber seinen Mitmenschen sein, solange man sie hat und es einen außerdem nichts kostet.

Draußen hatte der Schnee beschlossen, seine Leistung zu drosseln. Er fiel jetzt langsam und wohlüberlegt, als ob er genau darauf achtete, dass jede einzelne Flocke auf ihrem rechten auserwählten Platz landete.

Frank spielte immer noch Billard bei Billy, und der Schlips war auch noch da. Die beiden anderen von vorhin waren gegangen, aber ein neuer, mir unbekannter Typ hatte sich ihnen angeschlossen. Sie mussten jetzt schon mehrere Stunden gespielt haben.

Der Schlips war an der Reihe, einen Stoß auszuführen, als ich durchs Fenster sah. Der Schlips war ein Könner. Aus einem anscheinend toten, schiefen Winkel schoss er eine Frederiksberg Allé – wie es in diesen Kreisen heißt.

Billard-Sprache ist, wie alle anderen Fachsprachen, ein Ding für sich. Wie allgemein bekannt, gibt es Bäume auf der Frederiksberg Allé, und so wird ein schonungsloses Niederfegen von drei Kegeln hintereinander danach benannt. Ein bloßer Versuch, wo die Kugel nur von einem Ende zum anderen läuft, ohne etwas zu treffen, natürlich abgesehen von einer Bande, heißt entsprechend Amagerbrogade.

Ich ließ Frank weiter arbeiten, nahm mir aber vor, so schnell wie möglich Verbindung mit ihm aufzunehmen. Als er an der Reihe war, konnte ich sehen, dass er nicht mehr ganz so sicher in seiner physischen Koordination war. Nicht dass sein Zustand alarmierend gewesen wäre, er war nur etwas langsamer geworden im Berechnen seiner Winkel. Vermutlich wirkte es nur authentisch und vertrauenerweckend auf seine Mitspieler. Die hatten sich wohl auch einige Runden »auf das Spiel« genehmigt.

Ich ging weiter zum Hotel Paris in der Colbjørnsensgade und fragte den Pförtner, ob ich mit Monica Michelsen sprechen könne.

Er lächelte wissend, sagte, sie habe Zimmer 325 und komme oft spät nach Hause. Ob ich vielleicht eine Nachricht hinterlegen wolle?

Ich verneinte dankend und ging beruhigt weiter zur Polizeiwache.

»Na, hat es was gebracht?«, fragte Kaspersen fast munter. Er sah erleichtert aus, als ob er tief im Innern Angst gehabt hätte, ich könnte die Gelegenheit nutzen und mit dem polizeilich beschlagnahmten Schlüssel abhauen.

»Ja«, sagte ich. »Es geht mir jetzt viel besser. Mir ist klar geworden, dass es Leute gibt – gab –, die noch schlechter wohnen, als ich es tue. Das war eine Erleichterung.«

»Das ist unheimlich, findest du nicht?«, sagte Kaspersen. »So eine Wohnung zu sehen, meine ich.«

»Ich bin mir nicht ganz sicher«, antwortete ich. »Manchmal denke ich, es ist mindestens ebenso unheimlich, das Gegenteil zu sehen. Du weißt, diese Wohnungen mit den Amager-Regalen, Kuckucksuhren, Weihnachtstellern, Aschenbechern vom Tivoli und Bildern von Kindern, Hochzeiten und Großeltern, bis es keinen freien Quadratzentimeter mehr gibt an der Wand.«

»Jedem das Seine«, sagte Kaspersen salomonisch. Es klang, als meinte er es.

Ja, wie wahr, wie wahr war das, und dass ich auch so dachte, verheimlichte ich Kaspersen nicht.

Als wir diese einleitenden Liebenswürdigkeiten beendet hatten, gab ich ihm dankend den Schlüssel zurück und zeigte ihm die Papiere, die ich hatte mitgehen lassen.

»Gesehen habe ich sie schon«, sagte er. »Aber ich nahm an, dass er irgendwelche Spielpunkte addiert hat.«

»Das denke ich auch. Ich wüsste nur gern, bei welchem Spiel.«

»Das weiß ich nicht. Ich spiele nie. Es langweilt mich.«

»Ich habe allerdings viel gespielt. Und ich habe keine Ahnung, welches Spiel das sein soll. Jedenfalls kenne ich keins, bei dem solche Zahlen vorkommen. Und vielleicht hast du gemerkt, dass er weder Karten noch Würfel im Haus hatte.«

»Daran habe ich gar nicht gedacht.«

»Weil du nicht spielst.«

»Es könnten ja auch einfach nur seine Haushaltungsausgaben sein?«

»Wenn du wirklich glaubst, dass so ein Typ die ›Haushaltungsausgaben‹ für seine sechs B-Eier notiert, dann ...«

»Nöh ...«

»Hast du was dagegen, wenn ich sie mir etwas näher ansehe?«

»Nein ... warum hast du die Filme mitgenommen?«

»Weil ich neugierig bin. Ich habe mir gedacht, ich bringe sie zurück zu Vesterbro Video. Allmählich würde ich mir den Laden gern mal etwas näher angucken.«

»Das ist Aufgabe der Polizei«, sagte Kaspersen bestimmt. »Darum werden wir uns selbst kümmern. Wenn du dort schnüffeln willst, dann kannst du dir selbst ein Video ausleihen – auf Kosten des Bladet.«

»Bewahre.«

Ich legte die Filme auf seinen Tisch. Die Wölfin Ilsa lag zuoberst. Auf der Hülle peitschte sie gerade ein Mädchen, das quer über einem Mann lag, an den es gekettet war.

Kaspersen schauderte. Er war eine zarte, empfindsame Natur.

»Ich verstehe nicht, dass man so etwas überhaupt herstellen kann«, sagte er.

»Das werde ich dir erzählen, obwohl es eigentlich ein wohl gehütetes Branchen-Geheimnis ist. Man macht so etwas, weil man es verkaufen kann. Na dann, guten Abend noch.«

»Du hast gut reden.«

»Ja. Ich habe jahrelang geübt. An vielerlei Orten. Ich kann es allmählich im Schlaf. Falls etwas passiert, ich bin bei Gitte – wie ich deinem verehrten Chef zu sagen pflege.«

»Das will ich nicht hoffen, dass etwas passiert.«

»Die Straßen sind gepflastert mit vergeblicher Hoffnung, mein Freund. Auf Wiedersehen!«

»Bis bald.«

Es war keine Lüge, dafür bin ich inzwischen zu alt: Die Straßen waren und sind – nicht zuletzt hier im Viertel – gepflastert mit vergeblicher Hoffnung. Selbst, wenn die Hoffnung momentan von Schnee und Eis bedeckt ist.

Es war dieselbe verlockende, grausam verdrehte Hoffnung, die ein oder zwei Meter weiter oben diffus aus allen Neonreklamen aufschien. Hoffnung, schwache, zynische, stahlharte kommerzielle Hoffnung, aber immer noch eine Art Hoffnung von einem Glück, einer Befreiung, einer Erlösung. Selbst in so einer Welt. Selbst in so einem Viertel.

Es war immer noch früh am Abend, aber schon mitternachts-dunkel, als ich nach Hause zu Gitte kam.

»Ich dachte schon, du kommst überhaupt nicht«, sagte sie, in ihrem schwarzen Lieblings-Kleid. »Wegen neulich musst du entschuldigen. Ich kann gut verstehen, wenn du sauer bist. Ich ...«

»Du brauchst dich nicht zu entschuldigen«, sagte ich und küsste sie und legte meine Hände auf ihre Hüften, was diesen Händen immer das phantastische Gefühl gab, endlich ihren richtigen Platz gefunden zu haben, und meinem Gehirn das euphorische Bewusstsein, das alleinige auserwählte Wesen, Mann, Frau oder Tier, im Kosmos zu sein, das das Perfekte gefunden hatte. »Und ich bin nicht sauer. Ich liebe dich sogar – nach all meinen armseligen Kräften. Aber dies hier ist ein Fall fürs Fußvolk. Keiner, den man im Sitzen hinter einem Schreibtisch lösen kann. Ich werde fünf Kilo verlieren. Man muss ständig hin und her latschen.«

»Zieh jetzt den nassen Mantel aus, während ich Kaffee mache. Dann kannst du mir davon erzählen.«

Heißer Kaffee, ein kleiner Whisky und vor allem Gittes physische Nähe waren eine Drei-Sterne-Therapie. Fünf Minuten später saß ich und schnurrte mit ihrer Katze um die Wette, die unser Gemeinschaftsgefühl noch verstärkte, indem sie es sich in meinem Schoß bequem machte, dann und wann zu mir aufsah und mir zublinzelte, als wolle sie sagen, wir beide, wir wissen uns schon einzurichten.

Ich erzählte von meinem Fall – ohne allzu sehr auf Annes Rolle einzugehen, Monicas streifend –, und sie erzählte von ihrem, wo sie gerade die Verteidigung eines ausländischen Direktors übernommen hatte, der wegen Wirtschaftskriminalität auf der Anklagebank saß.

Sie hatte an dem Fall keinen Spaß. Es ging um Unterlagen, Vergütungen, Finanzierungen und Transaktionen. Es gab zu viel Mathematik und zu wenige Menschen.

Im Gegensatz zu meinem.

Wir tranken mehr Kaffee und entspannten uns zusehends. Ich legte die Arme fest um ihre Hüften, und die Katze blinzelte zustimmend, um mir zu verstehen zu geben, dass das Dasein auch seine guten Seiten hat und ich endlich auf dem richtigen Weg war und das Klare Licht gesehen hatte.

Fast zehn ruhige Minuten lang saßen wir so. Dann klingelte das Telefon, Gitte nahm ab und sagte: »Für dich.«

Es war Kaspersen, nach Atem ringend wie ein fünfzigjähriger joggender Ministerialdirektor auf der Höhe seiner Midlife-Crisis.

»Es ist passiert«, sagte er. »Der zweite Mord in der Abel Cathrines Gade. Auf dem Bürgersteig genau vor dem Spielplatz. Ich habe Ehlers schon angerufen. Komm rüber, wenn du mitspielen willst.«

»Danke«, sagte ich – und legte den Hörer auf.

Die Katze sah mich mürrisch an. Sie wusste, dass der Abend ruiniert war. Und sie wusste, wessen Schuld es war.

»Dann musst du jetzt gehen?«, fragte Gitte.

Sie sagte es weich, bedauernd, aber nicht vorwurfsvoll. Sie war selbst ein Pflichtmensch. Auch Rechtsanwälte leben nicht nach einem 9.00-16.00 Uhr Zeitplan.

Wenigstens in diesem Punkt würden wir uns immer verstehen.

»Ja«, sagte ich. »Ein neuer Mord.«

»Kommst du später?«

»Wenn du möchtest. Aber wer weiß, was noch passiert? Vielleicht wird es sehr spät.«

»Es ist egal, wie spät es wird«, sagte sie mit genau der Stimme, die meine vierzigjährigen hart erkämpften zynischen fünfundsiebzig Kilo Fleisch und Blut *instantly* in den ausgelassenen, erwartungsvollen Kalbskörper eines unglücklich verliebten vierzehnjährigen Teenagers verwandelten.

Ich küsste sie voller Hingabe zum Abschied und ging. Die Katze signalisierte mir, dass ich ganz schön dumm war. Sie hatte garantiert Recht.

16

Déjà vu, heißt es wohl. So hieß es jedenfalls in meiner Schulzeit: wenn man etwas erlebt, was man schon einmal erlebt zu haben glaubt.

Und genauso erging es mir, aber es war nichts, was ich nur »glaubte«. Es war wie eine genaue, physische, objektive Wiederholung des gestrigen Abends. Dieselbe kleine Straße. Dieselben Polizeiwagen mit dem rotierenden Blaulicht. Dieselben geduldig wartenden, eng zusammenstehenden Neugierigen in den Hauseingängen auf der gegenüberliegenden Seite.

Und das ganze Schauspiel vor demselben kleinen pathetischen Spielplatz.

Es gab nur einen Unterschied: Diesmal lag die Leiche nicht auf dem Platz selbst. Sie lag auch nicht auf dem Bürgersteig, wie Kaspersen so mitfühlend gesagt hatte. Sie lag schlicht und einfach im Rinnstein, auf einem dreckigen Schneehaufen, umgeben von Zigarettenkippen und zerknülltem Bonbonpapier.

Kaspersen und Dr. Bang – letzterer wie immer perfekt in Schale geworfen, als käme er geradewegs von einem vornehmen Mittagessen in diplomatischen Kreisen und hätte dort zu seinem großen Bedauern erst vor zwei Minuten seine Tischdame verlassen müssen, die verwitwete Baronin – betrachteten die Leiche. Selbst Kaspersens Rücken zeigte seine Melancholie.

Ich ging zu ihnen – und zur Leiche.

Das Gesicht lag nach oben und war bequem zu erkennen.

Es war der Schlips, der dünne ältere Mann, den ich gestern in Billy's Bodega gesehen hatte und der heute Abend mit Frank Billard gespielt hatte.

Der Schlips trug immer noch sein leicht wiedererkennbares Markenzeichen, den schwarzen Schlips mit den Streifen in den fünf verschiedenen Farben. Über diese fünf floss eine sechste, ein dunkles Rot. Es sah aus, als hätte ihm jemand mit sicherer Hand direkt ins Herz geschossen.

»Da gibt's wirklich jemanden, der es auf Billy's Stammgäste abgesehen hat«, sagte ich zu Kaspersen. »Der muss von der Konkurrenz sein und eine Kneipe hier in der Nähe haben.«

Er schien das nicht lustig zu finden. Wenn man genauer darüber nachdachte, war es das wohl auch nicht.

»Guten Abend, junger Mann«, sagte Dr. Bang so leidenschaftslos wie immer.

Für Dr. Bang sind wir »junge Männer«, bis wir fünfzig werden. Ehlers war erst seit kurzem keiner mehr.

»Ja, da sind wir wieder einmal. Es stellt sich die recht interessante Frage, ob wir es mit derselben Waffe wie gestern zu tun haben.«

»Es sieht fast so aus. Er kam von da drüben«, sagte ich und zeigte zu Billy's Bodega hinüber.

»Warst du da drüben?«, fragte Kaspersen.

»Nein, ich habe nur zum Fenster reingeguckt, als ich vorhin vorbeikam – es ist höchstens eine Stunde her. Da spielte er gerade Billard.«

»Einiges weist darauf hin, dass Billard ein gefährliches Spiel zu werden droht«, bemerkte Dr. Bang, während er mit kritischem Blick eine Zigarette aus seinem eleganten Etui auswählte. »Gut dass man sich selbst an Bridge und L'Hombre hält. Kann ich ihn mitnehmen?«

»Einen Moment noch, bis Ehlers ihn gesehen hat«,

sagte Kaspersen. »Er hat einen Wagen genommen. Er muss jeden Moment hier sein.«

»Wo wohnt er eigentlich?«, fragte ich neugierig.

Plötzlich durchzuckte mich der Gedanke, dass ich immer noch keine Ahnung von Polizeiinspektor Ehlers' Leben außerhalb der Polizeiwache hatte, obwohl ich ihn jetzt seit fünf Jahren kannte – und ihn besser kannte und aus unterschiedlicheren Situationen und Zusammenhängen als die meisten anderen Menschen. Ich wusste, dass er verheiratet war und zwei Kinder hatte, was auch der Schlips mit spielerischer Leichtigkeit sogleich erraten hatte, aber ich war seiner Familie noch nie begegnet, noch hatte ich die leiseste Ahnung, wo im Universum die Seinen ihren Alltag verbrachten.

»In Valby«, antwortete Kaspersen. »Er hat ein Reihenhaus mit Vor- und Hintergarten. Ich habe ihn zu Hause besucht. Einmal.«

Ich fragte mich, ob ich wohl jemals zu dieser Ehre kommen würde.

Wir stampften beide mit den Füßen auf und drehten kleine Kreise um die Leiche. Unser Atem gefror, und die Finger wurden steif in der Kälte. Ich merkte es kaum, wie meine Zigarette bis auf die Haut herunterbrannte.

»Wer hat ihn gefunden?«, fragte ich – um doch noch etwas zu sagen.

»Wir selbst«, antwortete Kaspersen. »Das heißt Kellermann. Er machte eine Abendrunde – freiwillig, er geht gern auf Streife – und nahm diesen Weg. Er wäre beinahe über ihn gestolpert. Es ist gerade mal zwanzig Minuten her.«

»Weißt du, wer er ist?«

»Das haben wir alles von gestern. Er heißt Christiansen – seinen Vornamen erinnere ich nicht – und ist Lehrer im

Vorruhestand. Alleinstehend. Arbeitete seinerzeit an der Schule im Gasværksvej – das ist nur wenige Jahre her – und wohnte ...«

»Hier in der Straße?«

»Endlich mal nicht. Aber gerade um die Ecke und zwei Häuser weiter am Halmtorvet. Nicht mehr als hundert Meter von der Polizeiwache entfernt.«

»Hast du die Wohnung schon durchsucht?«

»Ich möchte lieber, dass Ehlers ihn zunächst einmal sieht.«

Das Publikum auf der anderen Straßenseite verlief sich allmählich. Genauer betrachtet, war ein Mord in dieser Gegend ja allmählich etwas Alltägliches geworden.

Morgen, sobald man eine Nacht darüber geschlafen hatte, würde es sicher erste Anzeichen von Panik geben. Drei Schuss-Dramen mit zwei Leichen in drei Tagen, das war mehr an echtem Vesterbro-Milieu, als die meisten Bewohner auf Dauer zu schätzen wüssten.

»Ist jemand drüben bei Billy?«

»Wie gestern. Nielsen und Kellermann.«

»Ich gehe rüber und sehe es mir an.«

»Mach, was du willst. Du bist ein freier Mann.«

»Quatsch. So etwas gibt es überhaupt nicht – ausgenommen als Hirngespinst in philosophischen Abhandlungen.«

»Darüber lass uns ein anderes Mal reden. Ich bin auf Arbeit.«

»Was glaubst du, was ich bin?«

Als ob ein »freier Mann« jemals »auf Arbeit sein« könnte, dachte ich, während ich über die Straße ging. Als ob Arbeit nicht das erste Hindernis für jegliche Form von Freiheit wäre.

Hol doch der Teufel die Welt – und ihren Architekten als Ersten.

Billy hatte volles Haus heute Abend. Im verräucherten Schankraum drängten sich die Menschen, und kreuz und quer überschnitten sich Gespräche und Antworten zu einem kakophonischen Klangteppich.

»Zwei Tage nacheinander ...«

»Das wird, verdammt noch mal, ein bisschen viel, so was ...«

»Eines sag ich dir. Morgen schick ich die Kinder erst mal aufs Land, zum Teufel. Ich habe einen Bruder auf Fyn ...«

»Und dann der Professor! Der hat doch bestimmt niemand was getan.«

»Das muss ein Verrückter sein ...«

»Du, wirklich, wer weiß das schon ...«

Billy stand standhaft hinter dem Tresen, anscheinend genauso unbeeindruckt wie Dr. Bang persönlich. Falls er mich wiedererkannte, zeigte er es nicht. Mit völlig ausdruckslosem Gesicht nahm er meine Bestellung entgegen und führte sie aus.

»Er war den ganzen Abend hier im Lokal, nicht?«, begann ich die Unterhaltung.

»Wer?«, fragte er platt. Eindeutig mit Absicht.

»Der Professor. Der Mann mit dem Schlips. Der tot auf der anderen Straßenseite liegt.«

»Er war den ganzen Tag hier. Das machte er oft. Es ist höchstens eine halbe Stunde her, seit er wegging.«

Die Zeitangaben fügten sich so hübsch zu einem Ganzen zusammen wie die Laubsägearbeit eines Werklehrers. Christiansen war vor einer halben Stunde gegangen, und ich hatte vor fünf Minuten erfahren, dass Kellermann ihn vor zwanzig Minuten gefunden hatte. Es blieben genau fünf Minuten, um Christiansen zu erschießen. Fünf Minuten reichten für so einen kleinen Job.

Billy ging nach hinten zu einem Tisch. Hinter seinem Rücken sah ich mich im Etablissement um und erkannte die zwei Kumpel von gestern wieder, aufs Neue brüderlich vereint an einem Tisch mit Würfelbechern und einer hübschen Sammlung leerer Flaschen. Das waren die beiden, die Billy so rücksichtsvoll hinausgeleiten wollte.

Auch Kellermann und Nielsen sah ich und zwinkerte dem Erstgenannten zu. Er zwinkerte munter zurück. Ein Kaspersen konnte sich von einem kleinen Mord unterkriegen lassen, nicht aber ein Kellermann. Noch mehr als sonst ähnelte er einem freundlichen Weihnachtsmann, der sich als Bulle verkleidet hatte, um die Kinder zu amüsieren.

Ich hätte Kaspersen von Monica erzählen müssen.

Warum dachte ich eigentlich schon mit Vornamen an sie?

Ja, natürlich. Weil diese Mädchen per Definition keinen Nachnamen haben. Sie sind Monica, Connie, Annabelle, Carina. Ihre Nachnamen benutzen sie nicht.

Ich leerte mein Glas, ging nach draußen, um mich zu erleichtern, und schaute wie zufällig im Billardzimmer vorbei. Frank war nicht da. Frank war nirgends. Er musste sich schon vor – oder gleichzeitig mit – dem Schlips davongemacht haben.

Mich beschlich das Gefühl, dass ich ihn immer den Schlips nennen würde, egal, wie viele ihn hier als »Professor« kannten. Für mich war und blieb er nur der Schlips.

Ja, ich hätte Kaspersen von Fräulein Michelsen erzählen müssen. Das sollte ich doch lieber machen.

Später.

Ich trank aus, bezahlte, sagte freundlich »Guten Abend« – selten hatte das in meinen eigenen Ohren absurder geklungen, aber Billy akzeptierte es ohne weiteres – und ging wieder hinüber zum Spielplatz. Ehlers war gekommen und hielt den hinterlassenen Tascheninhalt der Leiche in Händen, während der Körper des Lehrers im Vorruhestand in den Krankenwagen gehoben wurde.

Dr. Bang schwenkte seine Zigarette salopp durch die Luft und fuhr weg.

»O. k.«, sagte Ehlers zu Kaspersen. »Dann noch mal zu Billy.«

Im selben Augenblick sah er mich und sagte: »Meiner Frau geht es Gott sei Dank besser. Kommst du mit?«

»Möchte gern – kann aber nicht«, antwortete ich. »Es gibt noch einen anderen Fall, den ich decken muss. Befehl vom Bladet. Ich versuche, euch später zu finden.«

Das war keine glatte Lüge. Es gab mindestens zwei andere Fälle, die ich decken musste.

Ich wollte unbedingt Frank finden. So schnell wie möglich.

Und ich wollte auch gerne mit Monica sprechen und hören, ob sie jetzt irgendetwas zu erzählen hatte.

Auch wenn das vielleicht nicht ganz so eilig war.

Und ... Und ... Und ...

Da kam schon etwas zusammen.

Ich war drauf und dran, durch die Abel Cathrines Gade zu *laufen*, was mir in den letzten zehn Jahren nie passiert war.

17

Ich fand Frank innerhalb von fünf Minuten.

Eigentlich hätte ich stolz darauf sein sollen. Wenn eins zum andern kommt – was ja bisweilen geschieht, wenn auch nicht zu oft und auch kaum freiwillig –, ist Kopenhagen eine Art Großstadt. In diesem wimmelnden Ameisenhaufen ein einzelnes Wesen zu finden ist eine äußerst anspruchsvolle Aufgabe selbst für fortgeschrittene Erwachsene.

Wenn man jedoch die Gepflogenheiten des anderen kennt – die Marotten hätte meine selige Mutter sicherlich gesagt –, ist es nicht so schwer. Ich rechnete damit, dass Frank entweder zum Stjernecafé gegangen war, um mich zu treffen, oder auf jeden Fall dort eine Nachricht für mich hinterlassen hatte.

Möglichkeit 1 war korrekt. Er war dort.

»Na, da bist du ja!«, empfing er mich putzmunter. »Endlich! Ich habe fast eine Stunde auf dich gewartet. Und du schuldest mir einige Hunderter.«

»Hast du so viel Geld gebraucht?«

»Einige Runden musste ich schon spendieren.«

In Franks weichen braunen Augen lag ein großes glückliches Lächeln. Er war voll, voll selig. Offensichtlich war er nicht sehr unglücklich darüber, dass er einige Runden spendieren »musste«.

Ich gab Bob ein Zeichen, und Frank und ich zogen uns – auf meine physische Initiative hin – in die Denkecke zurück.

»Na«, sagte ich. »Schieß los.«

»Wo soll ich anfangen?«, fragte Frank.

»Versuchs mit dem Anfang. Das ist ein alter Trick, ganz bestimmt – ein Typ namens Shakespeare hat das schon vor langer Zeit so gemacht –, aber das kommt auch heute noch gut an. Ich habe dich bei Billy gesehen, wie du Billard gespielt hast – durchs Fenster. Also: Erzähl von Anfang an. Du kommst rein. Touché! Was weiter?«

»Dann fragt ein älterer Typ, den die anderen Professor nennen, ob jemand Lust auf eine Partie Billard hat.«

»Und du bist also dabei?«

»Ja, das sollte ich doch auch, oder? Das hast du doch gesagt. Und noch einige andere.«

»Verdammt, soll ich dir die Wörter einzeln aus der Nase ziehen? Komm mal in die Gänge, Junge!«

»Meine Kehle ist viel zu trocken.«

Frank war bereits betrunken. Mehr als genug.

Als er die Kehle gespült hatte, sagte ich: »Der Professor ist tot. Erschossen.«

Das wirkte. Einen Moment lang bebten seine Schultern, und dann war er sofort ausgesprochen nüchtern. Ein Mord ist doch das beste Mittel, die Wirkung einer langen Reihe von Drinks zu neutralisieren.

Ich selbst habe das ja schon oft erlebt, aber für Frank war es offenbar eine Premiere. Es erschütterte ihn.

»Tot?«, fragte er mit belegter Stimme. »Ja, aber …«

»Ja, aber *was*? Seid ihr zusammen weggegangen?«

»Nein. Ich bin vor einer Stunde gegangen. Da sagte er, dass er noch einen letzten Drink bestellen wollte, bevor er nach Hause geht. Mir war nicht ganz wohl bei dem Gedanken, noch mehr zu trinken, ich merkte, ich konnte nicht mehr vertragen – darum sagte ich ihm einfach auf Wiedersehen und ging.«

»Nicht ganz unklug. Hast du was rausgefunden?«

»Das weiß ich nicht.«

»Wer, verdammt noch mal, weiß es dann?«

»Hör auf damit, auf diese Weise mit mir umzuspringen. Gib mir ein paar Minuten. Lass mich erst mal zur Ruhe kommen. Es ist nicht gerade lustig zu erfahren, dass ein Mann erschossen wird, mit dem man den ganzen Abend Billard gespielt hat.«

»Es ist auch nicht gerade lustig, der Mann zu sein, der erschossen wird, und er ist keineswegs der Erste. Aber je schneller du deinen Bericht ablieferst, umso größer ist die Chance, dass er eventuell der Letzte bleibt. Hier!«

Ich steckte ihm einige Hundertkronenlappen zu, und er unternahm den tapferen Versuch, sich zusammenzunehmen.

Frank ist schon in Ordnung.

In Wirklichkeit.

Wo auch immer die zu finden ist.

»Er war ein verdammt anständiger alter Kerl«, sagte er. »Ein Gentleman.«

»Das kannst du überhaupt nicht beurteilen – so einen hast du hier im Viertel nie getroffen.«

»Nein – bis dahin nicht.«

»Inwiefern war er denn ein Gentleman?«

»Er war so ruhig – und so fair. Du weißt selbst, man lernt den Charakter der Leute ganz gut kennen, wenn man mit ihnen spielt, nicht?«

»Erzähl mir was Neues, Frank. Ich spiele selbst.«

»Dann weißt du, was ich meine. Er spielte, um zu spielen – nicht um zu gewinnen. Man konnte ihm anmerken, dass er die Queues mochte, die Kugeln und die Bande. Er freute sich genauso sehr darüber, wenn ich einen guten Stoß machte, als wenn er selbst einen machte. Solche Leute sind selten.«

»Ja, und jetzt sind sie noch seltener. Worüber habt ihr geredet?«

»Hm – als wir so eine Stunde gespielt hatten, fing er an, von seinem Leben zu erzählen. Er war Lehrer gewesen, unten an der Schule am Gasværksvej. Irre viele Jahre lang. Dann war seine Frau gestorben, und er hatte sich vorzeitig pensionieren lassen, weil er keine Lust mehr hatte. Er hatte genug davon zu arbeiten. Er sagte, dass er sich jahrelang selbst wiederholt hat, er hat sich schon selbst wie ein dänisches Diktat gefühlt, jetzt nutzte er also seine letzte Zeit, um Bücher zu lesen und Billard zu spielen, und das waren die beiden einzigen Dinge, die ihn noch interessierten.«

»Sagte er was über Blackie?«

»Nicht gerade viel. Und ich habe nicht gefragt. Du hast selbst gesagt, ich sollte nicht zu weit vorpreschen.«

»Schon richtig. Hat er überhaupt was gesagt?«

»Er sagte, dass jedes Mal, wenn Blackie blau war – und das passierte bestimmt ziemlich häufig ...«

»Wie bei dir«, warf ich ein.

»Unterbrich mich nicht immer, dann kann ich mich nicht konzentrieren ... Jedes Mal, wenn er blau war, dann murmelte er etwas davon, dass er sie schon noch kriegen würde.«

»Wer *sie*?«

»Woher zum Teufel soll ich das denn wissen? Der Professor wusste es auch nicht. Alles, was er wusste, war, dass es irgendwelche Leute gab, die Blackie gerne kriegen wollte, und dass er meinte – also Blackie meinte – es würde schon eines Tages passieren.«

An irgendeiner Stelle im schlappen schizophrenen Second-hand-Synthesizer meines Hinterschädels erinnerte ich mich, dass ich fast dieselben Worte schon einmal gehört hatte.

Es war Blackies Bruder, der sie gebraucht hatte. Leif Clausen sagte, dass Kuno, wenn er betrunken war, oft gesagt habe, ›er würde es ihnen schon zeigen‹.«

»Ist das alles, was du hast?«

»Ja ... Nein. Eine Sache gibt es noch. Der Professor sagte, dass Blackie jedes Mal, wenn er sie verfluchte, vom Dreieck sprach. ›Das verdammte Dreieck!‹ Ich weiß nicht, was das bedeutet.«

Das Dreieck?

Es könnte irgendeine absurde Verbindung geben zu dem Zeichen, über das ich mich in Blackies Spielrechnungen gewundert hatte, das merkwürdige ◁ am Rand.

Was auch immer es bedeuten mochte.

Aber es schien doch zu weit hergeholt. Der reinste Ellery Queen-Krimi.

Als ich Bob noch ein obligatorisches Zeichen gab, sah ich zu meinem Erstaunen, dass Franks Augen sich mit unkleidsamen Tränen gefüllt hatten.

»Du weinst, Mann«, sagte ich. »Warum das?«

»Der Pro fes sor«, sagte Frank in vier ungelenk artikulierten Silben, als fiele es ihm schwer, so viele auf einmal zu bewältigen. »So ein netter Kerl – und dann einfach ...«

»So ist das Leben, Frank.«

»Ja, das weiß ich wohl, aber muss es denn so sein?«

»Werde bloß nicht tiefsinnig, nur weil du besoffen bist. Du klingst schon wie der Hübsche. Über etwas zu philosophieren hat noch nie jemandem geholfen. Reinste Zeitvergeudung, und du bekommst keinen Zuschuss vom Kunstfond, das Geld ist schon lange verteilt.«

»Du bist zynisch.«

»Ich bin nur nüchtern. Geh nach Hause, schlaf deinen Rausch aus, und melde dich morgen bei der Polizei. Die wollen sicher gern mit dir reden. Du warst in seinen letzten

Stunden mit ihm zusammen, und sie haben garantiert deine Personenbeschreibung bekommen. Hast du deinen Namen gesagt?«

»Nur meinen Vornamen.«

»O. k. Hör jetzt ordentlich zu. Ich diktiere: Du weißt gar nichts. Du hast mit ihm gespielt, und weiter nichts. Morgen früh liest du in der Zeitung – du liest natürlich das Bladet, wer tut das nicht? –, dass dein Billard-Partner von gestern erschossen wurde. Nachdem du das gelesen hast, gehst du freiwillig und spontan auf die Polizeiwache und fragst, ob du ihnen irgendwie helfen kannst. Das kannst du nicht, aber du hast jetzt den Rücken frei und mit den Behörden zusammengearbeitet, wie es alle verantwortungsbewussten Bürger tun sollen.«

»Was ist mit dir?«

»Lass mich draußen vor. Du bist ein erwachsener, freier unabhängiger Mann, der sich jederzeit erlauben kann, in eine Kneipe zu gehen und Billard zu spielen, ohne Pass oder Personalausweis dabeizuhaben. Du warst gerade bei Billy's Bodega vorbeigekommen, und dann bist du hängengeblieben. Das ist nicht strafbar.«

»O. k. Aber ich kann immer noch nicht verstehen, dass du es so ruhig nimmst.«

»Was zum Teufel sollte ich sonst tun? Krach machen? Das würde nur Bob irritieren, und was sollte das nützen? Nimm dich zusammen! Und noch eine Sache: Wenn du morgen bei der Polizei gewesen bist, dann ruf an, erzähl mir, was sie gesagt haben, und geh dann wieder zu Billy's Bodega, spiele Billard, rede, trinke – aber gerne etwas weniger.«

»Entschuldigung. Ich weiß, dass ich ganz schön in den Seilen hänge, aber der Professor konnte eine höllische Menge vertragen.«

»Gut für ihn – so lange er es konnte. Du hast sehr gut

gespielt – das habe ich gesehen. Aber ... geh jetzt lieber nach Hause, und schlaf dich aus. Wir sprechen uns morgen. Bis dann.«

»Bis dann.«

Wir gingen zusammen nach draußen, und ich winkte Bob zu. Bob wusste, mein bescheidener, unauffälliger und nicht einmal sonderlich sexy wirkender Wink bedeutete, dass ich meine Rechnung morgen bezahlen würde.

Wie ich es schon so oft getan habe.

Nachdem ich Frank nach Hause geschickt hatte, damit er zu Ende heulen konnte, ging ich zum Hotel Paris, um Monica zu treffen.

Dreiecke – ◁ – können sowohl das eine als auch das andere bedeuten.

Besonders für den Teil der Menschheit, der – ohne eigene Schuld – als sogenannte Männer geboren wird.

18

An der Rezeption des Hotel Paris hatte es einen kleinen Wachwechsel gegeben. Das Leben geht weiter. Dieses Mal war es ein jüngerer Mann, der mich aber mit demselben überheblichen wissenden Lächeln ansah, was zeigt, dass ein gewisses Einvernehmen offensichtlich Brücken zwischen den Generationsklüften schlägt.

Nein, Monica Michelsen sei nicht zu Hause. Nein, er wisse nicht, wann sie komme. Ich fragte nicht weiter nach. Sein Blick reichte mir. Und welchen Blicken ich beim Sex Cinema begegnen würde, verlangte mir nicht allzu viel Phantasie ab.

So ging ich stattdessen zum Bladet – wie ein pazifizierter Pawlow'scher Hund, der aus Mangel an anderen oder höheren Zielen instinktiv seinen Fressnapf sucht.

»Otzen möchte dich sprechen«, sagte die Redaktionswache.

»Dieser Mann ist unersättlich«, antwortete ich. »Jetzt hat er jahrelang tagein, tagaus mit mir gesprochen, und er verlangt immer noch mehr. Das grenzt schon an Perversität!«

»Wahrscheinlich hat er nur einen schlechten Geschmack«, sagte Barbara, die in dem Moment vorbeikam.

Sie sah aus, als wäre sie gerade – gleichzeitig – beim Friseur, in der Sauna und bei einer Kosmetikerin gewesen, aber so sah sie andererseits immer aus.

»Aber damit steht er nicht allein da«, fügte sie mit einem kleinen, gekonnt zweideutigen Lächeln hinzu, bevor sie ging. In die Stadt.

Ihr Arbeitstag war beendet. Meiner noch nicht. Wer weiß, was andernfalls gewesen wäre.

»Na«, sagte Otzen und demonstrierte seinen einzigen, ständigen Zaubertrick – abgesehen von der täglichen Ausgabe des Bladet –, nämlich seine Zigarre von links nach rechts zwischen den Lippen wippen zu lassen. »Was Neues, mein Junge?«

»Noch ein Mord. Selber Ort.«

»Großartig!«

»Die Antwort habe ich erwartet. Das war es, was du wolltest – darum habe ich es für dich arrangiert.«

»Das nenne ich aktiven Journalismus.«

»Das magst du wohl sagen.«

»Die erste Seite wird geräumt.«

»Was hättest du sonst dort gebracht?«

»Seine königliche Hoheit, der Prinz, hat das Abitur bestanden mit durchschnittlichen Noten.«

»Gibt es nicht ziemlich viele, die das fertigbringen?«

»Wenn es ums Königshaus geht, ist das etwas anderes.«

»Werden die Leute nicht irgendwann einmal müde, so etwas zu lesen?«

»Nein. Niemals! Das wäre das Ende der dänischen Tagespresse. Aber jetzt bekommt er nur die Rückseite. Heute. Mal sehen, morgen ...«

»Eine Leiche ist also immer noch besser als ein lebendiger Prinz?«

»Du sagst es. Wir brauchen allerdings beides, und darum zahlen wir Mavis und auch dich. Jetzt sieh zu, dass du fertig wirst!«

»Jawohl, Herr Chef.«

»Und ich werde dann dafür sorgen, dass eine Zigarre für dich bereitliegt.«

Ich dankte – und versuchte, meine Rührung zu unterdrücken und das zu tun, was mir geheißen worden war. »Eine Zigarre« ist in der Journalistensprache – jedenfalls Otzens Journalistensprache – eine bare Erkenntlichkeit für einen besonderen Einsatz. Ich hatte besonderen Einsatz gezeigt. Ich hatte einen toten Mann in der Abel Cathrines Gade gesehen – praktisch sogar zwei.

Eine Zigarre stinkt nun einmal. Auch in übertragener Bedeutung.

Ich ging leichtfüßig in meinen Besenschrank und rief routinemäßig die Polizeiwache an. Ehlers war auf seinem Posten.

Wieder einmal.

Einen kurzen Moment dachte ich darüber nach, wann er eigentlich Zeit gehabt hatte, seine Kinder zu zeugen. Dann sah ich ein, dass das nicht mein Problem war.

»Dieselbe Waffe«, sagte er lakonisch. »Kein Zweifel.«

»Dieser Kerl muss ein Vermögen für Patronen ausgeben.«

»Das macht das Militär jeden Tag. Und wir auch.«

»Ich fühle mich ganz ausgeschlossen.«

»Wie leid du mir tust – aber so hast du es doch eigentlich am liebsten. Ja, der Professor hat also den größten Teil des Tages bei Billy verbracht. Er spielte Billard mit einem blonden jungen Mann namens Frank. Es waren auch noch einige andere da, aber dieser Frank war anscheinend die ganze Zeit dabei. Man kennt ihn dort nicht. Er soll das erste Mal mit von der Partie gewesen sein. Vielleicht weiß er etwas. Ich hoffe, wir finden ihn.«

»Das werdet ihr schon. Sonst noch etwas, über das ich die Öffentlichkeit informieren kann?«

»Nichts. Kaspersen war bei Christiansen in der Wohnung. Es war ein richtiges Erlebnis, sagte er. Er hat immer noch Kopfschmerzen davon. Er schluckt Aspirin. Es gab so viele Bücher, dass er sich wie eine minderbegabte Amöbe eines imbezilen Geistespygmäen fühlte – das waren jedenfalls seine eigenen Worte.«

»Recht komplizierte Worte für eine Amöbe, aber wenn er es sagt. Hat er was gefunden?«

»Die Wohnung war schön und alles in bester Ordnung. Erst vor kurzem gestaubsaugt, die Bettwäsche war sauber, und die Aschenbecher geleert. Die Bücher standen in alphabetischer Reihenfolge ohne eine einzige Lücke im Regal, in allen war sein Name auf der Titelseite verzeichnet, und es gab ein Schachbrett neben einer fotokopierten Wiedergabe einer Schachpartie zweier Männer namens Lasker und Capablanca in den dreißiger Jahren. Lehrer Christiansen befasste sich offenbar mit so etwas.«

»Genau wie Philip Marlowe.«

»Wer ist das?«

»Nur einer meiner alten Schulkameraden – aus Schottland –, das hat nichts zu sagen. Wie geht es Anne?«

»Gut. Sie kann morgen entlassen werden – wenn sie will.«

»Sie will – wenn ich sie richtig kenne.«

»Das tust du sicher. Und ich glaube es auch. Dr. Bang muss dann wohl besser – als rein medizinische Vorsichtsmaßnahme – einige extra Symptome erfinden, die es notwendig machen, ihren Aufenthalt im Krankenhaus um ein paar Tage zu verlängern.«

»Du willst gern wissen, wo du sie hast?«

»Ich möchte sie lieber in einem hübschen weißen Bett wissen, als dass sie in einem Rinnstein liegt.«

»Du bist und bleibst ein guter Mensch.«

»Wie man es nimmt. Wenn das hier noch länger so weitergeht, werde ich bald kein Mensch mehr sein.«

»Als ob man das könnte! Schau der Tatsache ins Auge:

Du bekommst nie eine faire Chance, etwas anderes zu werden – es sei denn, du glaubst an Reinkarnation. Dann kannst du ein Regenwurm werden, wenn du davon träumen solltest. Eine gute Nacht wünsche ich dir.«

»Danke gleichfalls. Du wärst dann sicher gern ein Spatz.«

Wir legten auf.

So weit war alles in Ordnung. Frank würde sich morgen melden – wahrscheinlich mit einem ordentlichen Kater –, und wenn er mit Ehlers gesprochen hatte, wären wir alle genauso weit wie vorher.

C'est la vie, wie die Franzosen sagen. Die Engländer dagegen sagen *That's Life.*

Selbst die Ungarn sagen wohl irgendetwas in einer solchen Situation.

Die weißen Tasten meiner Schreibmaschine lachten mich nicht an, sondern aus. Das haben sie immer gemacht. Sie gleichen Totenköpfen, kleinen sorgsam abgenagten Skelettknochen. Vielleicht weil ich sie selten zu etwas anderem gebrauche, als über den Tod zu schreiben. Vielleicht weil so wenige Leser des Bladet etwas anderes lesen wollen.

Ich tat es schon wieder. Um der Geschichte noch eine extra Portion volkstümliches Fleisch auf die Rippen zu geben, beschrieb ich Christiansen als »angesehene und beliebte Persönlichkeit im Viertel«. Darüber hatte ich ganz gewiss keine Informationen, aber ich ging mit einer Seelenruhe davon aus, dass mir niemand widersprechen würde. Wenn Leute es erst einmal auf sich genommen haben zu sterben und damit niemand anders mehr den Platz wegnehmen, sind sie überall geachtet und beliebt, und es verstößt gegen die Grundregeln aller Zivilisationen und Kulturen, irgendetwas anderes zu behaupten.

Mitten in der Arbeit rief ich das Hotel Paris an. Monica war immer noch nicht gekommen, und die Rezeption war jetzt restlos überzeugt, es mit einem sehr bedürftigen Kunden zu tun zu haben.

Otzen wieherte nahezu vor Entzücken, als er mein Manuskript las.

»Ausgezeichnet, mein Junge!«, sagte er. »Eines Tages werden wir noch einen ganzen Journalisten aus dir gemacht haben!«

Große Worte im Februar.

Ich verließ das Bladet wieder – Gott allein weiß, wie viele Male ich das gemacht habe, ohne dass ich etwas Besonderes dabei gefühlt hätte – und stand leicht zitternd – einem nassen Hund nicht unähnlich – in der Kälte auf dem Rathausplatz.

Es war Mitternacht. Und das nicht zum ersten Mal. Und es war auch nicht – beileibe nicht – das erste Mal, dass ich das einsah.

Der Platz war so leer, wie der größte Platz in einer Großstadt sein kann. Ein spitzbübischer Typ haute mich um einen Zehner und eine Zigarette an, und ein Taxi fuhr, ohne sich dafür zu schämen, einladend vor mir her.

Ich winkte ab. Ich wollte nach Hause laufen. Mir tat die Kälte gut.

Es war zu viel passiert in den letzten zwei oder drei Tagen – ja, drei, wenn man es genau nahm. Seit dem Abend, an dem Gitte mich rausgeschmissen und ich Anne im Stjernecafé getroffen hatte.

Aus einem Fenster in der Vesterbrogade spielte jemand mein Lieblingslied, *Just A Gigolo.* Ich bekam gerade ein paar Zeilen mit. Abwartend blieb ich auf dem Bürgersteig stehen, um den Schluss nicht zu verpassen:

When the end comes I know
They'll say ›Just A Gigolo‹
– and life goes on without me ...

Das würde es. Es würde ohne mich weitergehen – so wie es auch schon weiterging ohne zum Beispiel Blackie oder den Professor, alias der Schlips.

Gitte schlief, als ich kam, und ich weckte sie nicht.

Das übernahm das Telefon.

Es gibt immer ein Telefon, das die Ruhe stört.

Ich nahm für sie ab. Der Rund-um-die-Uhr-Dienst.

Es war wieder der Verrückte. Das geisteskranke Gelächter schnarrte im Hörer.

Sie drehte sich im Bett um und sagte: »Hallo, mein Schatz. Was war das?«

»Gar nichts«, sagte ich. »Falsche Nummer.«

Sie schaffte es – gegen alle Wahrscheinlichkeit –, mir am Ende des Tages das Gefühl zu geben, nicht selbst eine falsche Nummer zu sein. Ohne Zweifel eine flüchtige Illusion – aber doch von der Art, die es einem erleichtert, am nächsten Morgen aufzustehen und weiterzuleben.

Dritter Teil

19

Was ich – gnadenlos und unerbittlich, wie ein Szenenwechsel in einer alten Farce – am nächsten Morgen wieder einmal tun musste.

Ich rollte einmal im Bett herum und erkannte dann kühl, klar und in aller Konsequenz, wer ich war und wo ich war. Es dauerte nicht lange. Man hat ja schon Erfahrung, lasst euch das sagen.

Danach erkannte ich, wer Gitte war und wo sie war.

Eine halbe Stunde später standen wir auf.

Der Schnee hatte sich einen freien Tag genommen – jedenfalls vorläufig. Es gab sogar vereinzelte Anzeichen einer blassen Sonne.

Eine Sonne, die sozusagen keinen Ehrgeiz hat, die auch nichts kann und nur kurz zeigen will, dass sie noch existiert und sich vielleicht eines Tages zu einem richtigen Einsatz aufraffen wird.

Wie der Hübsche.

»Also«, fragte Gitte beim Morgenkaffee. »Was liegt heute bei dir an?«

Ich zuckte die Achseln. Das ist eine athletische Disziplin, in der ich mich zu herausragenden Leistungen getrimmt habe. Wenn diese Disziplin bei den Olympischen Spielen endlich anerkannt wird, hat Dänemark zum ersten Mal seit Jahrzehnten eine reelle Chance auf eine Goldmedaille.

»Herumschnüffeln«, antwortete ich. »Mir den Fall ansehen. Schreiben, wenn es etwas Neues gibt.«

»Warum bleibst du eigentlich in diesem Job?«, fragte sie. Sie hatte ihren weichsten und eindringlichsten Tonfall, der mich jedes Mal zum Zittern brachte – also musste es eine Falle sein.

»Was zum Teufel sollte ich sonst machen? Du bist ausgezeichnet über meinen Hintergrund informiert. Ich bin keine ausgebildete Rechtsanwältin. Ich bin zu überhaupt nichts ausgebildet. Ich bin auch nicht in einem Alter, in dem die Job-Angebote an den Bäumen hängen, und ich bin nicht einmal senil und eitel genug, um das ungerecht zu finden. Das hier ist sozusagen – wenn wir die Nebentätigkeiten mal überspringen, und da habe ich überhaupt nichts dagegen, hätte ich es bloß schon damals gemacht – mein dritter Job. Was sollte der vierte für einer sein?«

»Warum denkst du so?«

»Wie meinst du das? Ich bin kein Nimmersatt, aber selbst ich brauche jeden Tag ein paar Scheiben Schwarzbrot und ein hart gekochtes Ei zum Überleben. Um das zu bekommen, brauche ich Geld, und um Geld zu bekommen, brauche ich Arbeit. Das ist alles. Außerdem bin ich mittlerweile so aristokratisch anspruchsvoll, dass ich nicht nur ein Bett zum Schlafen möchte, sondern am liebsten mein eigenes – und das auch noch mit einigermaßen reinem Bettzeug.«

»Ich finde nur, dass du so zynisch und – ja, merkwürdig geworden bist von der Arbeit beim Bladet.«

»Wie kannst du verhindern, dass es dir selbst so ergeht – als Rechtsanwältin?«

Eins zu null für mich. Da konnte man nicht noch einen draufsetzen.

Obwohl ich natürlich genau wusste, dass sie Recht hatte – und obwohl ihr natürlich auch klar war, dass ich es wusste.

»Könntest du nicht«, sagte sie ruhig, »wieder anfangen

zu spielen? Du sprichst so oft von deiner Zeit als Musiker. Und du hörst immer Musik – falls du nicht in der Stadt herumläufst oder im Bett bist.«

»Zu spät«, antwortete ich. »Ich müsste mindestens drei Jahre von 9.00-16.00 Uhr üben – dazu ständiges Training im Gewichtheben und totales Tabakverbot –, um meine Embouchure zurückzugewinnen, falls das überhaupt möglich ist. Und außerdem wimmelt es in der Szene inzwischen von zwanzigjährigen Wunderkindern, die zehnmal mehr können, als ich vor fünfzehn Jahren konnte und heute nicht mehr kann. Man soll keine Leichen ausgraben. Die Erinnerungen reichen mir. Es gibt ein Lied, in dem es heißt, dass mir das gestattet ist.«

»Das kenne ich gut. Du sehnst dich garantiert danach, es wieder einmal zu spielen.«

»Jeder sehnt sich nach irgendetwas. Sprich es aus: Wonach sehnst du dich?«

»Drei Kinder – und ein Haus auf dem Lande.«

»Da siehst du mal.«

»Ist das so unmöglich?«

»Nein – das ist es wohl nicht. Aber dann musst du ja auch jemanden finden, mit dem du die Kinder bekommst.«

»Den glaube ich ja, gefunden zu haben?«

Nur sie konnte auf diese Weise lächeln, wenn sie so etwas sagte. Oder vielleicht hatte ich nur noch nie andere ausgebildete Spezialisten in dieser Kategorie von Lächeln getroffen: ein zweideutiges, bedecktes, halb ironisches, halb erotisches Lächeln.

Eins zu eins.

Neues Spiel.

»Könntest du eine Kanzlei haben – auf dem Lande?«

»Warum nicht? Wenn du die Provinz genauso gut kennengelernt hättest wie ich, wüsstest du, dass das Leben auf dem Lande aus kontinuierlichen Grenzstreitigkeiten und Schlichtungen über Flurgrenzen besteht. Für jeden dieser Fälle sind zwei Rechtsanwälte notwendig.«

»Und was sollte ich dann machen? Ausufernde Grenzstreitigkeiten schüren, damit du einige Fälle bekommst?«

»Du könntest wieder spielen – das wäre gut für dich – und dann eine Arbeit finden, die du von zu Hause erledigen kannst.«

»Was sollte ich denn von zu Hause erledigen? Bevor ich Musiker wurde, war ich Reiseleiter. Glaubst du, jemand wird mich anstellen, um per Telefon von zu Hause aus törichten dänischen Touristen in London zu erzählen, dass The Strand der Name der Straße ist, in der Charing Cross Station liegt, zwei Steinwürfe vom Trafalgar Square entfernt, und dass ein *Stout* in einem englischen Pub ungefähr dem entspricht, was wir auf Dänisch ein Porter nennen?«

»Nein. Aber ...«

Wieder dasselbe Lächeln.

»Mein Vater hat eine Idee.«

Ich sagte nichts. Ich wusste, ich würde nur etwas Dummes sagen, wenn ich den Mund öffnete.

Und das habe ich schon so oft getan. Viel zu oft. Dieses Mal vermied ich es – indem ich mir eine Zigarette anzündete.

Die Methode ist zu empfehlen. Es geht um ein Pro oder Kontra – eine freiwillige Wahl zwischen zwei verschiedenen Formen der Verunreinigung. Schwer zu sagen, welche die schlimmere ist.

Gleichzeitig gestand ich mir selbst ein, ohne andere mit hineinzuziehen, dass ich nur neidisch war. Neidisch auf Gittes Vater, Den Großen Alten Mann, Anwalt am Obersten Gericht mit einflussreichen Aufsichtsratsposten, Mahagoni-Büros,

Sekretärinnen, einer Villa, einem Sommerhaus und ständig wechselnden Autos.

Vielleicht der Vater, den ich persönlich gerne gehabt hätte. Auf jeden Fall hätte er vieles erleichtert. Wie es stand, war er ein fast übertrieben liebenswürdiger und toleranter Schwiegervater – das musste ich einräumen, sogar mir selbst gegenüber, ohne Publikum.

Aber mit meinem Hintergrund ...

Ein Vater, der Hafenarbeiter war in bestimmten Perioden – und in den anderen (den meisten) Perioden arbeitsloser Hafenarbeiter. Ein Vater, der aus demselben Slum kam, in dem ich selbst jetzt wohnte. Ein Vater, den ich heute Abend im Stjernecafé treffen könnte, falls er nicht – zufällig und bedauerlicherweise – bereits tot wäre.

Zwei Menschen treffen sich: Zwei Welten treffen sich.

Nichts Besonderes. So ist es wohl jedes Mal – oder immerhin jedes zweite.

»Papa sagt«, fuhr Gitte nach einer Pause fort, »Papa sagt, er könne dich sicherlich bei einer Firma unter ... dir bei einer Firma Kontakte verschaffen, die dein journalistisches Talent für ihre publizistische Tätigkeit brauchen und bezahlen würde.«

Ich sagte nichts.

Sie auch nicht.

Das erschwerte das Gespräch beträchtlich.

Und doch: Unser beider Augen sagten – quer über den Tisch –, was vieler Sätze bedurft hätte.

Ihre sagten: Ich will so gerne.

Meine sagten: keine Chance.

Und ich öffnete – dieses Mal – den Mund. Zur Abwechslung.

»Du willst, dass ich – als abgedankter Nachrichtenreporter – herumsitze und kleine Übersichtsartikel darüber schreibe, ob die Versicherungsbranche ein relativ gutes – oder eventuell ein relativ schlechtes – Jahr gehabt hat? Du willst, dass ich mich hinsetzen soll, um gleichgültige Notizen zu schreiben zu den sechzigsten Geburtstagen von Büro-Chefs, die in Hochform sind und immer noch jeden Samstagnachmittag mit den Oberregierungsräten Golf spielen – ohne Brille und Herzschrittmacher?«

»Ist das denn schlimmer als das, was du jetzt machst?«

Zwei zu eins. Für sie.

»Nein, schlimmer ist es sicher nicht – so gesehen. Aber ziemlich anders auf jeden Fall.«

»Und davor hast du Angst?«

Jetzt klang sie wieder wie eine freche Göre.

Zum Teufel, in mancher Hinsicht hatte sie sicher Recht. Jetzt hatte ich so lange hier im Viertel gewohnt, meine Storys über das, was hier vorging, ans Bladet verkauft (selten über ein Golfspiel, genau genommen nie) – und war wieder nach Hause gegangen. Wie die Dinge standen, konnte das bis zu meinem Tod so weitergehen. Und wenn ich dann starb, würde ich mit einer Notiz geehrt werden – im Bladet.

Noch dazu einer elendig geschriebenen – voller Rechtschreibfehler.

Warum also nicht ein bisschen *Easy Living,* wie eine meiner alten Lieblingsmelodien vorschlug?

Livin' with you
is easy livin'...

Kinder. Haus. Garten. Hund. Rasenmäher. Weinkeller. Auto. Schlips. Prioritäten. Versammlungen.

Gitte sah auf ihre Uhr.

»Ich muss jetzt wirklich gehen«, sagte sie. »Versprich mir, dass du darüber nachdenkst, hörst du.«

Sie hätte Journalistin werden sollen. Sie gebrauchte kein überflüssiges Wort.

Ich versprach, darüber nachzudenken – ein beeindruckendes Versprechen, alles in allem. Ich küsste sie. Wir sagten auf Wiedersehen. Sie ging in ihre Kanzlei. Ich ging hinaus auf die Straßen mit all den physischen und psychischen Rinnsteinen, die ich ihrer Ansicht nach verlassen sollte.

20

Der dritte Mann an der Rezeption, den ich bis jetzt im Hotel Paris begrüßt hatte, sah ebenso »wissend« aus wie seine Kollegen.

»Ja, sie ist da«, sagte er. »Zimmer 325.«

»Rufen Sie an?«, fragte ich.

»Gehen Sie ruhig gleich hoch«, sagte er. »Das macht man hier so.«

Ich machte es nicht so, aber er gehörte zu diesem Etablissement. Ich ging geradewegs nach oben – eine Treppe hoch mit einem verblichenen, schäbigen roten Läufer, als geschmackvolle Dekoration hier und da Zigarettenkippen mit oder ohne Lippenstift.

Ich klopfte an Tür 325. Der Tür war das ganz egal. Der Bewohnerin anscheinend auch.

Ich versuchte es noch einmal. Mit demselben Ergebnis.

Beim dritten Mal passierte etwas: Die Tür linkerseits, die mit der Nummer 324, öffnete sich. Ein großer Mann, die doppelte Ausgabe meiner Wenigkeit, mit gebrochener Nase, Bartstoppeln und Blumenkohlohren zeigte sich im Bademantel und fragte, was zum Teufel der ganze Lärm bedeuten solle?

Ich erklärte es ihm: dass ich gerne hineinwollte und darum der Bewohnerin ein Zeichen gab. Ich verzichtete auf den Hinweis, dass die meisten dieses Verhalten recht einleuchtend gefunden hätten. Ich verzichtete ebenfalls auf die Bemerkung – mit meinem feinen diplomatischen Taktgefühl unter affenähnlichen Mitmenschen im Zwanzigsten Jahrhundert –, dass der Rasierapparat erfunden worden war. Er hätte mir wohl sowieso kaum geglaubt. Er sah nicht danach aus.

»Was ist los, Bent?«, fragte eine schläfrige Frauenstimme im Hintergrund.

»Einer, der Krach macht«, sagte Bent. Er sagte es, als ob er hiermit seinen gesammelten Wortschatz erschöpft hätte.

Die Frau seufzte, und Bent sah mich an, als verdächtige er mich, ein Sittlichkeitsverbrecher zu sein, den man im Auge behalten musste, oder vielleicht – den Ort der Begebenheit in Betracht gezogen – etwas viel Schlimmeres.

Z. B. ein Bulle.

Ein Bett knarrte, und die Frau kam hinter Bents breiten Schultern hervor. Ich konnte von ihr nichts anderes sehen als ein einzelnes Auge, das über seiner linken Schulter hervorschaute. Unter dem Auge befanden sich Säcke, die selbst Duke Ellington in seinen letzten Jahren verblüfft hätten.

»Möchtest du zu Monica?«, fragte sie.

Ihre Stimme war überraschend freundlich und zuvorkommend. Sie hatte dazu noch einen hübschen harmonischen Klang.

»Ja«, antwortete ich.

»Sie schläft sicherlich.«

»Das dachte ich mir auch. Ich habe versucht, sie zu wecken.«

»Ist es wichtig?«

»Du weißt doch genau, wie wichtig es ist, wenn jemand Monica besucht«, sagte Bent sarkastisch.

Gleichzeitig musterte er mich von Kopf bis Fuß. Es sah aus, als wolle er meine Maße abschätzen, um genau zu berechnen, wie weit er mich mit einem Tritt die Treppe hinunterbefördern könne – in seinen Pantoffeln.

Die Frau seufzte wieder.

»Jetzt werde ich es mal versuchen«, sagte sie.

»Das geht dich nichts an«, sagte Bent und füllte die Türöffnung ganz aus. »Das ist nicht deine Sache.«

»Reg dich ab, Bent. Sie hat sich nie gescheut, mir einen Gefallen zu tun.«

»Ob du ihr damit einen Gefallen tust, ist überhaupt nicht sicher.«

»Auf dieser Welt ist überhaupt nichts sicher, Kamerad – abgesehen vom Tod«, warf ich ein.

Ich dachte, ich hatte ein Recht auf eine einzelne Replik.

Er antwortete nicht. Es war auch schwierig, darauf zu antworten.

Die Frau schlüpfte unter seiner Schulter hindurch. Sie war eine kleine zierliche Person. Es sah aus, als könnte er sie bei einem Stadtbummel einfach unter den Arm nehmen. Sehr praktisch.

Sie betrachtete mich einen Augenblick lang kritisch und ich schien ihren Ansprüchen zu genügen. Es gab auch keinen Grund, warum ich das nicht tun sollte. Aus meiner Manteltasche ragte kein abgesägtes Jagdgewehr. Ich verfügte über keine auffälligen Reißzähne. Es klebte kein Blut an meiner Kleidung. Ich sprach Dänisch, war gut rasiert und trug sogar einen noblen schwarzen Schlips.

Natürlich ein Geschenk von Gitte.

Sie klopfte dreimal hintereinander an Zimmertür 325.

Dasselbe Signal wie bei Blackie. Es ist und bleibt ein Rätsel, warum so viele Menschen dreimaliges Klopfen als heimliches Signal verabreden. Es ist ungefähr genauso gewitzt, als wollte man eventuelle Einbrecher hinters Licht führen, indem man den Schlüssel unter die Matte legt.

Es funktionierte trotzdem – wieder einmal. Etwas rührte sich in Zimmer 325.

Eine belegte, teilnahmslose Stimme sagte: »Ja?«

»Ich bin es, Susanne. Du hast einen Gast.«

»Komme.«

Einen Augenblick später öffnete Monica Michelsen die Tür. Ihre blauen Augen waren halb geschlossen. Sie kämpften tapfer darum, sie zu öffnen.

»Du bist es«, sagte sie mechanisch. »Komm rein.«

»Danke für die Hilfe«, sagte ich zu Susanne.

»Dafür nicht«, antwortete sie. »Komm, Bent.«

Bent kam – widerwillig. Offensichtlich ärgerte er sich über die verpasste Gelegenheit, mich durchzuprügeln. Es gefiel ihm nicht, dass ich so leicht einen Passierschein bekam.

Nun musste er sich auf andere Weise Bewegung verschaffen.

Monica sah nicht gut aus. Ihre Augen waren geschwollen, ihre Bewegungen langsam. Schlaftabletten wahrscheinlich, oder irgendein anderes sedierendes Barbiturat – vielleicht aus Blackies Archiv.

Ihr Zimmer war klein, viereckig und deprimierend. Sie setzte sich sofort aufs Bett. Es gab noch eine andere Sitzgelegenheit, nämlich einen Stuhl. Den nahm ich.

»Entschuldigung«, sagte sie und gähnte ausgiebig. »Ich bin so müde. Ich werde kaum wach.«

»Schluckst du vielleicht zu viele Pillen?«

»Geht das dich was an?«

»Nein, geht mich nichts an, und ich trinke selbst zu viel. O.k.?«

»O.k. Was willst du?«

Mit einer einladenden Geste wies sie auf ihr Bett. Als sie dort saß, nur in einem knappen weißen T-Shirt und einem

Slip, ähnelte sie einem ganz kleinen Mädchen. Sie hätte meine Tochter sein können – wenn ich eine gehabt hätte.

Draußen rumpelte ein Lastwagen vorbei und brachte das Fenster zum Klirren.

Ohne Zweifel war er auf dem Weg zum Schlachthof. Auch der liegt am Halmtorvet.

»Du sagtest gestern, dass du mir vielleicht etwas mehr über Blackie erzählen könntest. Das ist der Grund, weshalb ich gekommen bin.«

»Ach ja«, antwortete sie, als ob sie mich tief aus ihrer Erinnerung ausgraben müsste. »Du warst der, der gestern in seiner Wohnung so nett war. Was möchtest du wissen?«

Ich zündete mir eine Zigarette an, ohne um Erlaubnis zu fragen. Dafür gibt es – trotz aller Höflichkeit – keinen wirklichen Grund, wenn man schon am Morgen einen überfüllten Aschenbecher im Zimmer sieht und riechen kann, dass er schon seit drei – vier Tagen so steht.

»Was auch immer. Nur irgendetwas, das mir hilft, Blackies Mörder zu finden.«

»Warum das?«

»Das ist mein Job.«

»Du bist kein Bulle.«

»Nein. Woher weißt du das?«

»Du hast dich gestern nicht – jedenfalls nicht sehr lange – wie ein Bulle benommen.«

»Ich bin Journalist. Aber das ist gleichgültig. Ich arbeite mit der Polizei zusammen – könnte man sagen, dann und wann. Ich habe es nicht darauf abgesehen, dich zu bumsen. Ich habe es nur auf Blackies Mörder abgesehen. Er hat bis jetzt zwei Männer erschossen – und versucht, eine Frau zu erschießen.«

»Ich weiß nicht, wer es ist«, sagte sie und bewegte den

Kopf mechanisch hin und her, als ob sie so ihre Schläfrigkeit bekämpfen wollte. »Ich weiß nur, wenn er zu viel getrunken hatte, dann redete er immer von Leuten, die ihn übers Ohr gehauen hatten und die er schon eines Tages erwischen würde.«

»Das hat sein Bruder auch gesagt.«

»Hatte er einen Bruder?«

»Offenbar. Wer hat ihn denn übers Ohr gehauen?«

»Ich weiß es nicht. Er redete immer so – sagte nur ein paar Worte, dann für lange Zeit gar nichts, und später noch ein paar Worte mehr. Man wurde nicht schlau daraus.«

»Was sagte er noch?«

»Ach, das war so – so unzusammenhängend. Es war etwas von einem Dreieck – ich weiß nicht, was für eines. Und jedes Mal, wenn er über das Dreieck sprach und über die, hinter denen er her war, dann sah er rüber zu seinem Videorekorder, als ob der ihm Recht geben sollte und als ob er in Wirklichkeit zu dem sprach – und dann redete er über etwas anderes – falls er überhaupt noch redete.«

Sie legte sich halb aufs Bett, anscheinend ermattet.

»Mehr weiß ich nicht«, sagte sie leer. »Ich glaube auch nicht, dass es etwas bedeutet. Jeder ist wohl auf irgendjemanden wütend. Ich weiß praktisch nichts. Du warst nur gestern Abend so süß, dass ich dich gern wiedersehen wollte.«

»Danke dir.«

»Ich meine es wirklich.«

»Darum sage ich auch danke.«

Sie machte dieselbe Geste auf ihr Bett zu, wobei sie einladend ihre Lippen öffnete – so wie sie es wohl in einem Hollywood-Film gesehen hatte.

So wie Millionen Frauen es wohl in einem Hollywood-Film gesehen hatten.

Ich stand auf.

Sie schloss verschämt die Augen.

Ich ergriff demonstrativ die Türklinke.

»O. k.«, sagte ich. »Sicher bis bald einmal.«

Sie sah überrascht aus – eine Überraschung, die vielleicht auch mit einer Dosis Erleichterung gepaart war. Oder war auch das meine sentimentale Einbildung.

»Erzählst du der Polizei was – von mir?«, fragte sie.

»Warum denn?«, fragte ich – wie sie es selbst auch getan hätte.

»Ich könnte leicht Ärger bekommen.«

»Durch mich wirst du das nicht.«

»Danke.«

»Gleichfalls.«

Ich war kurz davor, ihr übers Haar zu streichen.

Ich beherrschte mich, schloss sanft die Tür und ging hinaus.

Draußen auf dem Korridor traf ich meinen Freund Bent, immer noch in Bademantel und Pantoffeln, jetzt aber auch mit nassem Haar, als neuestem *Feature.*

»Na, Kumpel«, sagte er. »Hast du bekommen, was du wolltest? Du hast nicht gerade lange gebraucht.«

Wäre ich etwas größer gewesen, etwas verrückter (netter ausgedrückt: agiler) oder einfach nur etwas geübter im brutalen Boxen, hätte ich wahrscheinlich etwas ziemlich Heftiges und absolut Dummes unternommen.

Da diese drei Dinge nicht auf mich zutrafen, lächelte ich ihn an – was ihn deutlich verwirrte – und ging hinunter und schnell vorbei beim Herrn an der Rezeption, wo ich so tat, als hätte ich in meiner Eile *seine* Augen gar nicht gesehen.

Es gibt zu viele Augen in diesem Viertel. Jederzeit und überall sind sie da.

Aber Monicas Augen waren schön. Schade, dass sie von den Schlaftabletten so verquollen waren.

Vielleicht … Wenn das nicht gewesen wäre …

Der Schnee hatte seine Chance genutzt und war zurückgekehrt. Ich hätte es wissen müssen.

21

Ich schüttelte einen halben Meter Schnee vom Mantel, bevor ich zu Anne ins Krankenhaus ging. Ich war ein Mann, der wusste, was sich gehörte. Ich hatte sogar Blumen mitgebracht. Rosen.

Anne sah aus, als gehe es ihr blendend. Viel zu blendend.

»Na, endlich passiert was in diesem verdammten Loch«, sagte sie und zeigte ihre vorstehenden Schneidezähne, als wäre sie eine Wölfin, die gerade zubeißen wollte. »Und wenn endlich etwas passiert, dann bist du es leider nur, der mit einem Blumenstrauß kommt – garantiert zu einem schwachsinnigen, viel zu hohen Preis, ich kenne dich. Hättest du mir nicht wenigstens einen kleinen Drink mitbringen können – z. B.?«

»Daran habe ich nicht gedacht«, räumte ich ein – schonungslos selbstkritisch und rechtschaffen ehrlich.

»Denkst du überhaupt manchmal?«

»Hör auf mit mir zu reden, als wären wir verheiratet.«

»Sei froh, dass du noch einmal davongekommen bist.«

»Sei doch selbst froh. Das war aus humanitärer Rücksicht auf dich.«

»Wie nett von dir, dass du nicht einfach sagst: ›Das bin ich auch.‹ Wenn du das getan hättest ...«

»Was hast du denn für Probleme?«

»Ich habe überhaupt keine Probleme – das ist das einzige Problem. Ich liege hier bloß im Bett, starre an die Decke, lese langweilige alte Wochenblätter und schnuppere an

Blumensträußen. Ich bin eingesperrt. Ich langweile mich zu Tode – verstehst du das, Mann?«

»Ja, aber – mit Rücksicht auf deine Verletzung ...«

»Glaubst du, ich bin so bescheuert? Es ist eine ganz oberflächliche Verletzung. Ich habe einen Verband. Ich habe einen Verband, als sollte ich eine ägyptische Mumie in einem Horrorfilm spielen. Dieser Verletzung geht es ausgezeichnet. Ich könnte im Karneval drei Tage hintereinander Samba tanzen mit dieser Verletzung. Ich könnte sieben Runden Schlamm-Boxen gewinnen mit dieser Verletzung. Ich könnte ...«

»Du könntest quer über den Ärmelkanal schwimmen mit dieser Verletzung. Du könntest die Weltmeisterschaft im Stabhochsprung für Frauen gewinnen mit dieser Verletzung.«

»Genau.«

»Das Einzige, was du nicht könntest mit dieser Verletzung, ist, einen Augenblick den Mund zu halten.«

»Halt doch selbst den Mund! Ich weiß ganz genau, dass mir nichts fehlt. Ich weiß ganz genau, dass es nur der Polizei am besten in den Kram passt, wenn ich still und friedlich – ›bis auf weiteres‹, wie dein Freund, der Polizeiinspektor, sagt – im Bett liege und meine Jugend vergeude, indem ich hier vor mich hin rotte. Ich habe absolut keine Lust, hier zu liegen und ein Bett zu beanspruchen, in dem ein Kranker liegen könnte. Ich will raus. Raus will ich, raus, raus, raus! – Sofort!«

»Beruhige dich doch. Du bist hysterisch.«

»Bin ich? Das soll ich sein? Hast du mal irgendwann drei Tage lang stramm im Bett gelegen, ohne woanders hingehen zu dürfen als auf die Toilette und in den Speisesaal eines vollkommen aseptischen Krankenhauses?«

»Nein.«

»Wenn du das hättest, würdest du mich auf der Stelle entführen. Falls noch ein Fünkchen Energie in dir steckt. Und falls ich dir nur das Geringste bedeute.«

Ich erhob mich. Warf ihr meinen Blumenstrauß an den Kopf – nicht zu hart – und ging zur Tür hinaus, ohne sie mit allzu großer Wucht zuzuschlagen. Man darf Patienten nicht aufregen.

Eventuelle Mitpatienten, wohlgemerkt.

Dann ging ich auf die Straße hinunter, fand einen Weinhändler und kaufte eine halbe Flasche von dem Cognac, den – wenn ich mich recht erinnerte – Anne am liebsten trank.

Ich rauchte eine Zigarette im Schneetreiben draußen vor dem Geschäft, um ihr Zeit zu geben, sich zu beruhigen.

Dann ging ich in aller Ruhe wieder zurück, öffnete die Tür und guckte hinein. Anne lag mit dem Rücken zur Tür, wie ein schmollendes Kind.

»Was gibt es jetzt schon wieder?«, fragte sie gereizt, als würden diese ständigen Störungen ihr fast den letzten Nerv rauben.

»Cognac«, antwortete ich. »Hennessy.«

Sie rollte herum mit dem Tempo einer ägyptischen Bauchtänzerin, die ihr Unterteil rotieren lässt. Dann lachte sie laut.

»Ich dachte wirklich, du wärst sauer«, sagte sie. »Komm her. Du verdienst eine Umarmung.«

Ich bekam meine Umarmung. Beide bekamen wir einen Cognac. Höchstwahrscheinlich war das verboten. Es machte uns fast zu zwei Schulkindern, die in der großen Pause heimlich auf der Toilette im Schulhof rauchen.

»Was passiert denn so draußen in der großen weiten Welt, wo wir schwachen kleinen Mädchen nicht hindürfen?«, fragte Anne. Ihre grünen Augen blitzten.

»Mord«, antwortete ich. »Ein Mord hier, ein Mord da. An der Spitze der Statistik die Abel Cathrines Gade. Ein eindeutiger Zuwachs.«

Ich erzählte ihr vom Schlips.

»Das ist natürlich traurig«, sagte sie. »Besonders wenn er so ein netter alter Herr war. Aber kein Grund, mich hier in dieser Anstalt einzusperren. Offenbar gibt es irgendeinen Verrückten, der in Billy's Bodega beim Billard verloren hat, und jetzt bringt er systematisch alle um, gegen die er verloren hat. Ich spiele kein Billard. Und ich bin noch nie bei Billy gewesen. Bei diesem Spielchen mache ich nicht mit. Der Schuss auf mich war reiner Zufall.«

»Man schießt nicht zufällig – nicht wenn man keinen Jagdschein hat. Und es war dieselbe Waffe – alle drei Male.«

»Dann war ich wohl nur sein Versuchskaninchen, um sicherzugehen, dass der Revolver keinen Rost angesetzt hat, bevor er ernsthaft anfängt. Gib mir noch einen Cognac.«

Draußen vor der Tür hörte man Schritte. Ich schaffte es, den Hennessy in meine Manteltasche zu stopfen. Leute mit Sachverstand haben schon immer behauptet, dass es dem Geschmack – dem Bukett – eines Cognacs gut tut, wenn er ein wenig angewärmt wird.

Eine Krankenschwester kam herein mit einem Lächeln wie ein Fotomodell, das ein Dutzend Jahre in der Zahnpasta-Branche gearbeitet hat.

»Dann wollen wir mal Ihre Temperatur messen«, sagte sie munter, als schlüge sie einen erquickenden Waldspaziergang im Dyrehaven vor. »Wenn Sie bitte so lange draußen warten würden.«

Der letzte Satz war an mich adressiert. Ihre Zähne strahlten wie die Bühnenscheinwerfer über der Hollywood Bowl, als sie ihren Text abfeuerte.

Ich erhob mich gehorsam.

»Quatsch!«, sagte Anne bestimmt. »Meine Temperatur ist völlig normal, und das war sie auch die letzten Tage, was Sie genauso gut wissen wie ich. Könnten wir diese Komödie nicht einfach überspringen?«

»Ich muss Ihre Temperatur messen.«

»Nicht, wenn ich es Ihnen verbiete.«

Anne war jetzt gut in Form. Und der Krankenschwester kamen Zweifel.

Ich stellte mich ruhig an die Wand und genoss es.

»Soll das heißen, Sie verbieten mir, Ihre Temperatur zu messen?«, fragte die Krankenschwester.

»Sie haben es erfasst«, antwortete Anne. »Genau das tue ich jetzt.«

»Dann muss ich das in Ihre Patientenkarte eintragen.«

»Das ist hart für Sie, aber vielleicht finden Sie einen Kugelschreiber, der sich dafür eignet.«

»Danke, ich habe einen Kugelschreiber.«

»Dann gebrauchen Sie ihn. Ihre Karte ist nicht mein Hobby.«

Die Krankenschwester verschwand.

Anne grinste.

»Siehst du endlich, dass mir überhaupt nichts fehlt? Gib mir jetzt den Cognac.«

Ich reichte ihr die Flasche, und sie lehnte sich wieder in ihrem Riesenbett zurück.

»Vor dem Abend bin ich draußen«, sagte sie. »Das hier ist ein Klacks. Du wirst schon sehen.«

»Zum Teufel, Anne ...«

»Ach, ihr faselt nur von dieser ›fantastischen Gefahr‹! Du hast dich doch auch wie gewöhnlich in den letzten drei Tagen auf den Straßen herumgetrieben, und du sitzt auch immer noch hier, unverletzt und ganz der Alte, zum

Teufel – und zu mir sprichst du von Gefahr? Allein wenn ich den Schnee auf deinem Mantelärmel sehe, werde ich schon neidisch. Warum sollte es für mich gefährlicher sein als für dich? Sollte es wirklich gefährlich sein, dann wäre es für dich am gefährlichsten – du bist größer und auch breiter als ich, und darum viel leichter zu treffen ...«

»Dich hat man aber getroffen.«

»Es passieren immer Fehler. Sogar in der Videothek kann es mir passieren, dass ich einen Fehler mache. Und was dann? Das Leben geht weiter.«

»Sagt dir ein Dreieck etwas?«

»Ein Dreieck? Bist du betrunken?«

»Nein, noch nicht, aber ...«

Ich fing an zu erklären.

»Nein«, sagte sie. »So etwas habe ich seit meiner Schulzeit nicht benutzt. Ja – da gibt es natürlich die Dreiecke, die wir in der Videothek gebrauchen.«

Ich fragte, wozu sie dort Dreiecke gebrauchten.

»Bei einigen der neuen Filme«, antwortete sie. »Einige von denen, die plombiert ankommen. Die, die der Boss erst mal selbst sehen will – immer von der schärfsten Sorte. Auf denen ist ein Dreieck, damit sie nicht mit denen vermischt werden, die wir sofort in die Ausleihe stellen. Das ist die einzige Art von Dreieck, die ich kenne – es sei denn, du spielst an auf ...«

»Das tue ich nicht.«

»Sonst könntest du ja den Krankenschwester-Feldwebel holen. Bei meiner Langeweile würde ich selbst das akzeptieren.«

Ich ging kurz danach.

Ohne den Cognac.

Da schlief sie.

22

Als ich wieder durch die Straße ging, trat ich nach einem Schneehaufen, als hätte der mir etwas getan. Es war ihm völlig egal.

So lag der gesamte Fall: als ob man gegen einen Schneehaufen träte.

Und das Schlimmste war, man konnte absolut nichts dagegen tun – außer weitertreten.

Sisyphus hätte es geliebt.

Ich ging zum Stjernecafé, um zu sehen, ob Frank gekommen war.

Das war er natürlich nicht. So viel Glück an einem Tag wäre auch zu viel gewesen.

»Weitere Morde?«, fragte Bob.

»Genug, um den aktuellen Bedarf zu decken«, antwortete ich. »Auf jeden Fall meinen.«

»Du bist immer noch völlig herunter, was? Immer noch Theater mit dem Nymphen-Sittich?«

»Nicht so richtig. Sie hat im Gegenteil die Idee, dass wir aufs Land ziehen sollen. In ein kleines Haus, du verstehst.«

Bob sah einen Augenblick lang so aus, als würde die Theke ohne gebührende Warnung unter ihm zusammenbrechen. Dann brach er in ein wahrhaft dröhnendes, unbändiges, von Herzen kommendes Gelächter aus, sodass mehrere Stammgäste mitten im Vorgang des Glas-zum-Munde-Erhebens innehielten, um die Ursache dieses plötzlichen Vulkanausbruchs zu erkunden.

»Guter Witz«, sagte Bob, immer noch nach Luft japsend. »Du und aufs Land! Du bist wieder hier, noch bevor ein Monat vergangen ist – ganz egal, wie heiß du auf die Puppe bist.«

»Bist du dir da sicher?«

»Ja. Wie immer?«

»Ja, danke. Warum bist du dir so sicher?«

»Weil ich dich kenne, Mann. Du bist einfach nicht geeignet für den Export – jedenfalls nicht in die Provinz. Du gehörst hierher – du könntest verdammt noch mal woanders nicht überleben. Nicht mehr. Das Viertel ist dir in Fleisch und Blut übergegangen, mein Junge.«

Während Bob sich den anderen Kunden zuwandte, dachte ich darüber nach, ob er Recht hatte. Am Ende meinte ich, mit zwei Stimmen zu einer, dass er das wohl hatte. Wie schon so oft.

Der Hübsche kam rüber zu mir, als ich an der Bar saß und unmethodisch über mein vergeudetes Leben philosophierte – eine weitere Sportart, die ich mit souveräner Sicherheit beherrsche.

»Wie geht's Anne?«, fragte er.

Es war die erste Unterhaltung mit ihm, in der er von sich aus über jemand anders sprach. Eine interessante psychische Entwicklung.

»Gut. Sie hat die Kugeln überlebt, und nicht einmal Krankenhäuser können ihr etwas anhaben. Das Mädel ist eine Tigerin. Sie wird mit allem fertig.«

»Da kannst du Gift drauf nehmen! Und merke dir das für das nächste Mal!«, sagte eine Stimme hinter mir.

Eine Mädchenstimme, die leicht wiederzuerkennen war.

Annes.

Dieses Mal war ich es, der das Glas abstellen musste.

»Hei, Hübscher«, sagte sie. »Bob, ein Cognac und ein kaltes Pils.«

»Na, du dachtest wohl, ich wäre eingeschlafen?«, lachte sie mich an. Sie war gut gelaunt. »Du dachtest wohl, die in allerhöchster Gefahr schwebende kleine Anne würde nach zwei, drei Cognacs umkippen? Zusätzlich hast du vielleicht versucht, Schlaftabletten hineinzutun – um mich zu ›beruhigen‹?«

»Quatsch. Garantiert wurde noch keine Schlaftablette entwickelt, die dich übermannen kann. Oder falls doch, testet man sie immer noch in einem Schweizer Laboratorium an Gorillas.«

»Da hast du ein wahres Wort gesprochen. Das ist immerhin etwas Neues – bei dir.«

»Er ist wahrscheinlich gerade dabei, sich auf das Landleben einzustellen«, sagte Bob sarkastisch, während er vorbeispazierte.

»Ziehst du um«, fragte Anne.

Ich zuckte die Achseln.

Sie lachte nicht, wie Bob es getan hatte. Sie sah fast bekümmert aus.

»Ich hoffe nicht«, sagte sie. »Ich würde dich vermissen. Und – da wir gerade darüber sprechen – Gott, wie habe ich doch so ein Glas Bier vermisst!«

Sie hob ihr Glas und zeigte, was sie damit meinte.

»Und ich habe dich vermisst«, sagte der Hübsche enthusiastisch.

»Danke«, antwortete sie. »Bedeutet das, du hast ein neues Lied geschrieben, das du jetzt für mich singen möchtest?«

»Es ist noch nicht ganz fertig«, sagte der Hübsche bescheiden. »Ich habe nur die ersten beiden Strophen. Aber es ist das Beste, was ich jemals gemacht habe.«

»Aber das ist es doch jedes Mal, nicht?«, sagte Anne.

»Der Hübsche besitzt die nur großen Künstlern eigene Gabe, die Grenzen seines Talents kontinuierlich auszuweiten«, warf ich ein. »Wollen wir uns nicht an einen Tisch setzen? Ich spendiere eine Runde.«

»Ich hatte mir schon gedacht, dass du direkt vom Krankenhaus hierhergegangen bist«, sagte Anne, als wir am Tisch saßen und dank dieses genialen Schachzugs die Gedanken des Hübschen von seinem neuen Lied abgelenkt hatten – fürs Erste.

Früher oder später würde er darauf zurückkommen. Auf seine Lieder kommt der Hübsche immer wieder zurück.

»Du hast es wohl genauso gemacht. Ich bin gerade mal zehn Minuten hier. Wie bist du rausgekommen?«

»Ich weigerte mich einfach, liegenzubleiben. Dann rief der Arzt bei der Polizei an, wo man mir davon abriet, mich entlassen zu lassen. Ich antwortete, dass sie kein Recht dazu hätten, mich zurückzuhalten, und darin gaben sie mir Recht, aber sie meinten, es wäre das Beste für mich. Ich sagte, ich wüsste das wohl selbst am besten, und machte sie darauf aufmerksam, dass ich volljährig bin, und dann unterschrieb ich, ›gegen ärztliche Empfehlung und auf eigene Verantwortung‹ entlassen worden zu sein, zog mich an und nahm ein Taxi. Und hier bin ich – wieder einmal bereit, die Welt zu erobern mit meinem Charme, meiner Schönheit, meiner Begabung und meinem Talent.«

»Glänzende Eigenschaften«, antwortete ich. »Gut zu haben. Napoleon hatte höchstens eine davon, und schon er hat es ziemlich weit gebracht. Hast du spezielle Pläne für deine Welt-Eroberung?«

»Jedenfalls habe ich nicht vor, aufs Land zu ziehen. Du hast eine Runde versprochen? Leere Worte – wie gewöhnlich?«

Ich winkte Bob zu.

»Jetzt hör mal zu«, sagte der Hübsche – zu Anne. »Ich habe das Lied speziell für dich geschrieben. Es heißt *Für Anne.* Es geht so.«

Er klimperte etwas auf seiner illusorischen Gitarre – so illusorisch wie seine ganze Welt – und sang:

Da liegst du nun so schwach und krank
Doch bist du sicher Gott sei Dank
Wenn Leute unterm Himmels-Licht
Dich zu erschießen sind erpicht.

Da siechst du nun verletzt dahin
Doch ich, ich denk an dich, Freundin
Bald schon öffnet sich die Tür
Und dann kommst du heim zu mir.

»Ist das nicht schön?«, fragte er, hingerissen wie ein Kind, das seinen Eltern sein »schönes Haus« präsentiert, das es gerade gemalt hat.

»Großartig«, sagte ich solidarisch. »Gustav Winckler wäre stolz darauf gewesen.«

Künstler muss man immer aufmuntern. So mögen sie es am liebsten, und das ist das Wenigste, was man für sie tun kann.

Es verfehlte auch nicht seine Wirkung. Der Hübsche bot an, eine Runde auszugeben. Dieses Naturphänomen tritt durchschnittlich nur einmal pro Jahr auf, genau wie Silvester, aber viel unberechenbarer – doch meistens unmittelbar nach einem Lied.

»Aber ich war ja nicht schwach und krank!«, protestierte Anne keck.« Jedenfalls nicht länger als ein paar Stunden.«

»Das reicht schon«, antwortete der Hübsche gekränkt. »Auf diese Stunden kommt es an!«

»Du darfst die Kunst nicht mit der Wirklichkeit verwechseln«, belehrte ich Anne. »Das sind zwei verschiedene voneinander unabhängige Welten.«

»Na«, sagte sie unbeeindruckt von meiner Tiefgründigkeit. »Gilt das auch für dich, wenn du fürs Bladet schreibst?«

»Das ist ein Drittes. Ich bin nur Journalist. Der Hübsche ist Künstler.«

Der Hübsche sah aus, als wäre er völlig meiner Meinung und ausgesprochen entzückt von meinem kompetenten Urteilsvermögen.

Seine Runde kam. Er stand auf, um sich zu erleichtern.

»Hör mal«, sagte ich zu Anne, sobald er einen Meter weg war. »Willst du dich nicht in der Videothek melden?«

»Ja, natürlich. Aber es muss nicht heute sein. Das hat wirklich keine Eile. Ich kann mir ruhig ein paar Tage freinehmen, und die habe ich auch nötig. Nicht wegen der Schussverletzung, wenn du das glaubst – sondern wegen des Krankenhauses.«

»Ich wollte nur mitkommen, um mich etwas umzusehen.«

»Du hast da eine fixe Idee. Du willst unbedingt, dass irgendetwas Eigentümliches im Laden vor sich geht, nur weil ein toter Drogenabhängiger dort seine Filme ausgeliehen hat.«

»Ich will mich nur ein bisschen umsehen.«

»Das glaube ich dir gerne. Aber ich arbeite seit Jahren dort. Glaubst du, ich bin blind und taub? Natürlich kommen einige Typen an, die wir rausschmeißen müssen. Natürlich gibt es ab und zu einen Betrüger vor oder hinter dem Tresen. Na und? Das gibt es auch im Lebensmittelgeschäft. Und hier. Und überall.«

»Genau meine Worte. Ich bin nur neugierig.«

»Dann geh doch allein hin.«

Ein guter Rat. Ein ausgezeichneter, wohlüberlegter Rat.

Gleichzeitig kam der Hübsche von seinem Toiletten-Gang zurück. Und eine Sekunde später kam Frank – endlich – durch die Tür gelatscht, ungewohnt schwerfällig, beide Hände in den Taschen, und spähte im Lokal umher, mit Augen, die sich wie Suchscheinwerfer über ein dunkles Nachtmeer bewegten.

23

Ich fing seinen Blick. Es glückte mir, ihm zu signalisieren, an die Bar zu gehen.

Ich zog es vor, dass Anne nicht hörte, worüber wir sprachen.

Weiß der Himmel – oder ein naheliegender Postdistrikt –, warum ich es vorzog. Es gab keinen Grund auf der Welt – nicht einmal im Universum –, warum Anne nicht wissen sollte, dass Frank in Billy's Bodega gewesen war, um – möglichst – das Ende eines wenn auch nur dünnen Fadens im Garnknäuel des Lebens zu finden. Es gab keinen Grund, irgendetwas vor ihr zu verbergen.

Nichtsdestotrotz verfiel ich darauf, es so zu machen. Vermutlich ist es das, was man männlichen Chauvinismus nennt.

Ich gab Anne ein Zeichen, dass ich eben mal mit Frank sprechen wollte und gleich zurückkehren würde.

Sie machte ein Zeichen, dass sie innerlich schluchzte. Sie musste die große Bürde auf sich nehmen, sich so lange mit dem Hübschen abzugeben.

Wir verstanden einander.

Wir verstanden einander so gut, dass wir hätten verheiratet sein müssen. Oder auch verstanden wir einander zu gut dafür.

Ich fühlte ihre Augen im Rücken, als ich zur Bar ging. Sie durchbohrten mich.

Als wäre es meine Schuld. Als hätte ich irgendetwas verbrochen.

Als ob die letzte Variante nicht noch schlimmer wäre.

Menschen sind merkwürdig. Denkt an meine Worte – ich weiß es. Ich gehöre selbst zu einer seltenen Spielart dieser Rasse.

Frank war außer Atem.

»Verdammt noch mal, das war ein Theater!«, sagte er, während er ein Bier leerte in einem Tempo, das ihn aller Wahrscheinlichkeit nach – ein hoffnungsloser Traum gleichwohl – für die Aufnahme ins Guinness-Buch der Rekorde qualifizieren könnte.

»Noch eins, Bob«, sagte ich. »Und eins für mich. Also was ist passiert, Frank?«

»Tja-a ... Ich habe getan, was du gesagt hast. Ich habe mich auf der Polizeiwache gemeldet. Ich war ein artiger Junge. Ich erzählte genau, wie alles gewesen ist, und wies darauf hin, dass ich mit dem Mann Billard gespielt habe und vor ihm gegangen bin, was der Polizeiinspektor sowieso schon wusste. Also da gab es gar nichts. Aber ...«

»Aber was?«

»Dann war es wie im Examen – wenn du dich daran erinnern kannst. Und er mein Prüfer. Er fragte – so ohne weiteres, scheinbar so in den Wind geredet, während er dasaß und einige Papiere hin und her schob –, ob ich *dich* kenne.«

Ich verschluckte mich an meinem Bier. Das ging nicht gerade still über die Bühne, was jeder, der es einmal versucht hat, bekräftigen wird.«

Bob warf mir einen vorwurfsvollen Blick zu. Das hatte er von mir nicht erwartet.

»Es ist kein Verbrechen, mich zu kennen«, sagte ich. »Nach allgemeiner bürgerlicher Auffassung kann es natürlich missfällig betrachtet werden, aber es gibt keine diesbezüglichen Paragraphen im Strafgesetz.«

»Nein«, antwortete Frank. »Aber dieser Ehlers, der ist gar nicht so dumm. Er nannte mich deinen Spion. Du kannst bei ihm nicht schummeln. Er hatte alles durchschaut.«

»Und wenn schon? Wir haben doch nichts verbrochen.«

»Heutzutage ist es verdammt noch mal«, sagte Frank und nahm einen neuen Schluck, um zu zeigen, wie sehr er meinte, was er sagte, »gar nicht so einfach zu wissen, was ein Verbrechen ist und was nicht.«

»Vorausgesetzt, du bist über achtzehn Jahre«, antwortete ich, »ist es kein Verbrechen, in eine Kneipe zu gehen und Billard zu spielen. Das ist dein Recht als freier Bürger in einem freien Land.«

»Das ist mir bekannt. Es war eher der Umstand, einem Bullen gegenüberzusitzen. Ich kann das nicht leiden.«

»Was konntest du eigentlich leiden in deinem Leben?«

»Jetzt wirst du beleidigend.«

»Ich bin nicht beleidigender als das Viertel selbst, als der Distrikt, Vesterbro – oder wie du es nennen möchtest. Ich könnte gar nicht – selbst wenn ich es wirklich versuchte, und dazu habe ich nicht einmal Lust – beleidigender sein als das Leben selbst. Es ist nicht meine Schuld, dass es so ist. Sprich doch mal mit Gott darüber.«

»An den habe ich nie geglaubt«, antwortete Frank.

»Dann sprich mit Buddha, Mohammed, Krishna oder wem auch immer. Jedem seine eigene Zigarettenmarke. Jedem seine eigene Religion. Such es dir aus.«

»Du redest doch nur«, sagte Frank.

Da hatte er ganz Recht. Ich redete. Und das habe ich ziemlich ausgiebig getan in meinem Leben.

Einmal – vor langer Zeit – klatschten mein Vater und meine Mutter mir dafür Beifall. Jetzt kann ich – mit etwas Glück – dann und wann gerade mal Otzen zum Klatschen bringen. Vorausgesetzt, es stört ihn nicht beim Rauchen seiner Zigarre. Die Brennfläche ist für routinierte Zigarrenraucher entscheidend. Es ist ein absolutes Muss, sie eben zu halten.

»Na, ja«, sagte ich. »Das war's dann also. Willst du dich noch länger darüber aufregen, oder haben wir es jetzt überstanden?«

Frank sagte nichts.

Das stand ihm gut.

Ich winkte nach Bob. Bob verstand mich – ohne Worte. Auch wir verstehen uns gut, dachte ich.

Und im selben Augenblick, als ich das dachte, bohrten sich Annes Augen – wie ein Reflex – wieder in meinen Rücken.

Es war offenbar mein Groß-Kommunikations-Tag.

»Was jetzt?«, fragte Frank.

»Du gehst noch mal hin.«

»Was?«

»Geh zurück zu Billy's Bodega. Spiel Billard. Rede mit den Leuten. Trink Bier. Sperr die Ohren auf. Und komm zurück und erzähl mir, was geredet wird.«

»Glaubst du, ich bin dein Laufbursche?«

»Was hattest du dir sonst für heute vorgenommen?«

»Ich ...«

»Du hast ja doch kein anderes Programm als Billard spielen, mit den Leuten reden und Bier trinken. Gewöhnlich bezahlst du dafür. Ich gebe dir noch Geld obendrein. Mach dich jetzt endlich auf die Socken, anstatt dich über Nichtigkeiten zu ereifern.«

»Du redest, als ob du mein Vater wärst.«

»Ich glaube, so einer fehlt dir. Du klingst so.«

»Er hat sich aus dem Staub gemacht, als ich fünf war.«

»Das ist lange her. Schau nach vorn. Versuch jetzt, etwas herauszubekommen. Bis bald.«

»Du bist ganz schön dominierend, weißt du das?«

»Frank, niemand kann einen anderen dominieren, wenn der es nicht selbst will. Wir sehen uns dann.«

»Ja«, seufzte er. »Das werden wir wohl.«

Ich bezahlte die Rechnung und ging zurück zum Tisch.

Der Hübsche gab ein neues Lied zum Besten, oder vielleicht einen neuen Vers für das letzte. Anne saß da mit ihrem überheblichen Blick, ein spezieller Blick, den sie mir selbst schon so oft zugeworfen hatte. Ein Blick, der gewissermaßen – auf die liebenswürdigste, eleganteste, erotischste Weise – unseren Herrgott fragte, warum er doch seine karge Freizeit damit vergeudet habe, Männer hervorzubringen, wo diese Geschöpfe doch so offensichtlich unbrauchbar waren.

Ein Blick, auf den man unmöglich antworten konnte.

Ich denk an dich auf dem Kissen
Wo du jetzt die Welt musst missen

sang der Hübsche.

»Was hattet ihr denn vor?«, fragte sie.

»Nur ein bisschen plaudern«, sagte ich.

Sie hob die Augenbrauen.

Das war alles. Anne übertrieb ihre Gesten nicht.

Warum sollte sie auch? Ihre Gesten sind deutlich genug, selbst wenn sie untertreibt.

Ein fünfjähriges Kind hätte auf der Stelle gesehen, dass der Hübsche sie gerne mit nach Hause nehmen wollte. Und ein vierjähriges Kind hätte gesehen, dass sie an diesem Projekt nicht rasend interessiert war.

Ein dreijähriges Kind hätte sofort – vorausgesetzt, es wäre Stammgast im Stjernecafé – gesehen, wofür sie sich interessierte.

Für mich.

Mich kleines Kerlchen – in aller Bescheidenheit.

Schon schmeichelnd, aber …

Armes Mädchen.

Mit entschlossener Miene erhob ich mich und machte deutlich, dass ich zur Arbeit musste.

Der Hübsche bedauerte meinen Abzug nicht im Geringsten. Er verlor zwar einen Zuhörer – und damit fünfzig Prozent seines Publikums –, aber er hatte jetzt freie Bahn.

Anne sah mich mit großen vorwurfsvollen Augen an.

Glücklicherweise kam Frank an den Tisch, gerade als der Konflikt in der »Menschlichen Komödie« sich zuspitzte.

Wirklich wie in einer Komödie, wo jede Unterbrechung perfekt getimt ist.

»Hast du einen Augenblick Zeit?«, fragte er.

Ich folgte ihm in den nächsten Raum.

Diesmal waren die Blicke, die Anne mir zuwarf, noch deutlicher im Rücken zu spüren. Es waren Messer – oder vielleicht angesichts der äußeren Umstände eher Eis-Pfrieme. Eis-Pfrieme, wohlgemerkt aus Poisonville.

»Ich werde ein paar Hunderter brauchen«, sagte er.

Ich gab sie ihm. Dann sagte ich – ohne groß nachzudenken, fast aus Gewohnheit:

»Frank, was fällt dir zum Dreieck ein?«

»Das Dreieck?«, antwortete er. »Das ist ja geschlossen!«

Wieder einmal fühlte ich mich – wie meistens in meinem Leben –, als öffnete sich vor mir eine absolute und absurde Kluft zwischen dem Imbezilen und dem Idiotischen.

»Das war eine Kneipe«, sagte Frank zur Erklärung. »Ich dachte, die kennst du. Sie lag Ecke Abel Cathrines Gade und Victoria Gade. Kanntest du sie nicht?«

Natürlich kannte ich sie. Die Kneipe in Vesterbro, die ich nicht kenne oder nicht gekannt habe, gibt es nicht. Ich hatte sie nur vergessen. Kurzzeit-Gedächtnis heißt das wohl. Die Kneipen hier im Viertel kommen und gehen.

Café Dreieck – natürlich. Die Kneipe sah aus wie alle anderen. Das war einmal.

Aber was hatte diese Spelunke mit Blackie zu tun?

»Sie haben letztes Jahr dichtgemacht«, sagte Frank. »Also dann, bis bald.«

»Bis bald«, antwortete ich. »Keep cool.«

Dann zwinkerte ich Anne zu, und sie verstand mein Signal, so wie ich ihres verstanden hatte. Wir gingen zusammen hinaus.

Auch der Hübsche verstand das Signal. Er schnaubte und warf uns giftige Blicke zu.

Das half ihm nichts. Das hat noch nie jemandem geholfen.

24

»Er kann wirklich furchtbar ermüdend sein«, sagte Anne, als wir wieder draußen im Schnee waren.

»Ich dachte, ihr wärt so gute Freunde.«

»Wir *sind* gute Freunde. Wir sind fast Nachbarn. Es gibt keinen Grund, sich zu verkrachen, oder? Aber wenn du das auf die andere Art meinst, dann sind wir nicht *so* gute Freunde, wie er es gern hätte.«

»Ach so.«

»Ja, so. Spar dir die Mühe, dein dreckiges Grinsen aufzusetzen.«

»Ich habe gar kein dreckiges Grinsen aufgesetzt. Ich habe nur – so von Mann zu Mann – den guten Geschmack vom Hübschen anerkannt.«

»Du solltest lieber meinen anerkennen – so wie die Dinge stehen.«

»Dann mache ich das.«

»Aber nur nach zahllosen Aufforderungen, oder?«

»Willst du jetzt wieder streiten?«

»Wir streiten so gut miteinander. Das war schon immer so. Bringst du mich kurz nach Hause, damit jemand mich wegtragen kann, falls ich niedergeschossen werde?«

»Gerne. Natürlich als Dienst an der Gesellschaft.«

»Natürlich nicht an mir.«

»Du nörgelst ziemlich viel herum.«

»Ja, wir ähneln einander – in gewisser Hinsicht.«

Anne hatte sich nicht verändert.

Warum sollte sie auch? Wahrscheinlich hatte ich das

auch nicht. Obwohl ich, wollte man die Sache seriös ausdiskutieren, erheblich mehr gute Gründe dafür hätte als sie.

Wir verabschiedeten uns im Treppenhaus. Ich wies auf meine Arbeit hin. Leider hatte ich keine Zeit, mit hochzugehen und bei einer Tasse Tee ihr Briefmarkenalbum zu bewundern. Man kann nicht alles schaffen im Leben.

Ganz schön ärgerlich – um ehrlich zu sein.

Und das muss man sein – dann und wann. Selbst beim Bladet kommt das vor.

Wendig wie ein Goldfisch im Aquarium schlug ich darauf mit der Schwanzflosse eine andere Richtung ein und trat die traditionelle Wanderung zur Polizeiwache am Halmtorvet an.

Allmählich war es später Nachmittag geworden. Schon dehnte sich die Dunkelheit grau über der Stadt aus – wie ein riesiger, alter Sagen-Vogel, der die Flügel ausbreitet.

Ich fragte mich, womit ich diesen ganzen Tag – den ersten vom Rest des Lebens, wie man sagt – eigentlich verbracht hatte. Ich beantwortete mir diese Frage nicht. Damit hätte ich weitere Überlegungen riskiert, bezüglich vieler anderer Tage im Laufe der Zeit, und das hätte zu weit geführt.

Früher hatte es das jedenfalls.

Der Schnee fiel einfach weiter. Er hatte jetzt den richtigen Dreh raus.

Ehlers war schlecht gelaunt. Mit schweren Schritten stapfte er in seinem Büro auf und ab und sah aus, als trachte er danach, allen seinen Berichten und Aktenordnern kräftig auf den Rücken zu spucken. Die Hände hatte er hinter dem eigenen Rücken verschränkt, als ob er sie – um jeden Preis – irgendwie ruhig halten wollte.

Er sagte nichts, als ich hereinkam. Unbeirrt drehte er eine weitere Runde durch den Raum, als habe er eine

Rundwanderungs-Quote zu erfüllen, wie ein Katholik, der die Anzahl der Gebete mit seinem Rosenkranz zählt.

»Etwas Neues?«, fragte ich neugierig.

Ich bemühte mich, munter zu klingen. Es glückte mir nicht, und selbst ich konnte das hören. Einen blinden, tauben, freundlichen Rentner hätte ich vielleicht täuschen können, aber kaum jemand anders. Schon gar nicht einen Polizeiinspektor, und von allen Polizeiinspektoren schon gar nicht den, der in Kopenhagens West-Distrikt über die Wache am Halmtorvet regierte.

Er drehte sich um und sah mich grimmig an.

»Dasselbe wollte ich dich auch gerade fragen«, sagte er schleppend, mit einer Staccato-Betonung auf jeder einzelnen Silbe. »Du mit deinen ständigen Freundinnen und Kleinspionen.«

»Aber hallo«, sagte ich. »Immer den Ball flachhalten, Chef. Wir leben in einem freien Land. Ich bin nicht Annes Vormund, sie ist volljährig. Frank ebenfalls, und er hat das Recht, in jede Kneipe zu gehen und mit wem auch immer zu sprechen, solange er nicht damit gegen irgendeinen Paragraphen verstößt, jemanden überfällt, ihm körperlichen oder seelischen Schaden zufügt oder ihn auf andere Weise belästigt, und damit ein öffentliches Ärgernis erregt – was er meines Wissens nicht getan hat.«

»Nein – aber es war verdammt noch mal ein bisschen zu dreist, ihn auf die Leute in Billy's Bodega anzusetzen, wo er – zufällig – einen Tag nach dem Mord zum ersten Mal auftaucht. Vorher noch nie dort gewesen, verbringt er – zufällig – fast seinen ganzen Abend dort zusammen mit dem zweiten Mordopfer. Weißt du was? Da riecht man den Braten förmlich. Das stinkt verdammt noch mal. Schlimmer als die Bettwäsche in einem Bordell.«

Er drehte noch eine Ehrenrunde durch den Raum.

Ich fischte eine Zigarette aus der Tasche und sah mir den Büroboden näher an. Es war ein sehr verschlissener Boden. Ein ziemlich beanspruchter Boden, könnte man sagen. Bohnern würde ihm guttun – nachdem man ihn vorher kräftig abgeschrubbt hat.

»Das stinkt so sehr«, fuhr er fort, während meine Zigarette ihn wortlos dazu überredete, seine Pfeife aus der Jackentasche zu ziehen, »dass Billy ihn sofort durchschaute. Natürlich wusste er nicht, wessen Laufbursche er war, aber er wusste, dass er einer war.«

»Ich mag dieses Wort nicht hören«, sagte ich. »Sei doch mal praktisch! Du weißt besser als jeder andere – oder solltest es jedenfalls wissen –, dass es hier im Viertel viele Menschen gibt, die der Polizei nicht allzu freudig irgendwelche Auskünfte geben, nicht einmal, wie ihre Großmutter gebratenen Speck mit Petersiliensoße zubereitet hat. Und ich kann dir erzählen – und das vollkommen gratis, Rabatt bei der ersten Lektion –, wenn ein Journalist ankäme und jemanden ausfragte – ein Journalist der größten Zeitung des Landes, dessen Name (wenn ich das nicht ganz ohne Stolz sagen darf) nicht gänzlich unbekannt ist –, dann wäre die Situation dieselbe. Davon hat keiner etwas. Frank hat keine sichtbare oder unsichtbare Uniform. Frank ist anonym. Warum sollte er nicht ein bisschen für mich schnüffeln?«

»Weil er Amateur ist.«

»Gerade was man braucht, wenn die professionellen Methoden nicht funktionieren.«

»Du redest doch nur.«

»Ich habe diese Antwort allmählich satt – alle sagen das die ganze Zeit zu mir. Als ob ich der Einzige auf der Welt wäre, der redet. Was tust du denn?«

»Mein Bestes – weiter nichts. Das ist nur nicht so verdammt viel wert zurzeit.«

Er setzte sich endlich hin und steckte seine Pfeife an. Er sah mitgenommen und unausgeschlafen aus – noch mehr als gewöhnlich, und wenn es um Polizeiinspektor Ehlers geht, bedeutet »mehr als gewöhnlich« ziemlich viel.

»Wie geht es deiner Frau?«, fragte ich. Ich versuchte, möglichst neutral und höflich zu klingen.

»Schlecht«, antwortete er lakonisch. »Ganz miserabel. Gerade als es wieder etwas bergauf ging, folgte ein Rückschlag. Sie kam sofort in die Notaufnahme – heute Morgen. Die Kinder haben wir zu ihrer Schwester geschickt. Sie soll ›gründlicher untersucht‹ werden – wie sie es nennen.«

»Was ist es?«

Gewisse zielgerichtete einfache Fragen können die schwierigsten auf der Welt sein.

»*Vielleicht* Krebs. Und wenn, dann *vielleicht* eine milde Form. Und *vielleicht* auch nicht. Alles ist nur vielleicht. Vielleicht ist sie in einer Woche gesund, und vielleicht sehe ich sie nie im Leben wieder.«

Ich sagte gar nichts. Es klang wie eine Granaten-Explosion, als ich still an meiner Zigarette sog.

Er schüttelte den Kopf.

»*Ich* kann nichts machen«, sagte er.« *Ich* bin ja kein Arzt. Ich kann nichts machen. Und das ist es fast, was ich am meisten daran hasse. Wenn ich nur irgendetwas machen könnte ...«

»Genau.«

»Kennst du das?«

»So in etwa – von damals, als meine Eltern ...«

Ich wollte gerade sagen »starben«, als ich abbrach. Die Assoziation hätte taktlos wirken können. Abgeschmackt, undiplomatisch.

Ehlers dachte nicht an diese Dinge. Die Unbilden des

Schicksals, die ihn verfolgten, waren von größerer Bedeutung als triviale Anstandsregeln.

Er schüttelte noch einmal den Kopf, als wollte er alle Gedanken ausschütteln. Natürlich konnte er das nicht – aber genauso natürlich musste er es versuchen.

»Hast du denn etwas Neues?«, fragte er. »Von allen deinen über die Stadt verteilten Agenten-Horden?«

»Dr. Fu Manchu ist nur eines meiner Pseudonyme. Jetzt hör mal zu ...«

Ich erzählte ihm von all den Gerüchten, die in der Stadt kursierten, darüber wie Blackie von Dreiecken phantasiert hatte, an denen er sich rächen wollte.

Das ließ Ehlers nur noch mitgenommener aussehen, was schon eine Leistung war.

»Es ist nur ein paar Monate her«, sagte er dann, »als wir einen Mann festnehmen mussten, der meinte, alle Skorpione wären hinter ihm her.«

»Skorpione? In Dänemark?«

»Astrologische. Menschen, die im Zeichen des Skorpions geboren sind – von Ende Oktober bis Ende November. Er glaubte, dass sie sich gegen ihn verschworen hätten. Sein Chef war Skorpion und sein Hauswirt ebenfalls. Und seine Frau war Skorpion und wollte sich scheiden lassen. Plötzlich wurde er wahnsinnig und begann auf alle Skorpione einzustechen. Mit einem Messer ... Wir mussten ihn einweisen – auf unbestimmte Zeit. Das gefiel mir gar nicht.«

»Du meinst ...?«

»Ich meine, ich bin selbst Skorpion. Der Mann fand das heraus, sobald er festgenommen wurde. Es sei seinem Zustand nicht gerade dienlich gewesen, sagte der Psychiater.

Na, ja«, fuhr Ehlers fort. »Ich erzähle dir das alles. Aber was ich meine, ist natürlich, dass dieses Dreieck genauso wahnwitzig sein kann wie die Skorpionsidee dieses Mannes.«

»Kann sein, muss aber nicht.«

»Das habe ich doch gerade gesagt.«

»Ich werde es mir mal etwas genauer angucken.«

»Viel Glück dabei. Denk daran, dass es bei einem begründeten Verdacht auf irgendeinen Gesetzesverstoß deine staatsbürgerliche Pflicht ist, die Behörden zu unterrichten.«

»Ich werde dran denken, Papi.«

Wir nickten uns zu.

Er hatte sich um ein beherrschtes Auftreten bemüht, aber er war grau im Gesicht – grau wie das Licht draußen –, als ich beim Hinausgehen noch einen Blick über die Schulter warf. Innerhalb einer einzigen Sekunde war er in sich zusammengesunken.

Er war ganz offensichtlich ein Mann, der seine Frau gernhatte.

Ein hübscher Zug, werden manche meinen.

25

Ich dachte nicht weiter darüber nach, was ich jetzt machen oder wohin ich gehen sollte. Ich ließ einfach meinen Beinen freien Lauf. Auf die ist in dieser Hinsicht Verlass.

Meine Beine führten mich – im Schlendertempo, weil sie nicht ausrutschen, brechen und mich damit ihrer Dienste berauben wollten, sehr aufmerksam von ihnen – am Halmtorvet entlang und in die Abel Cathrines Gade.

Ich versuchte der Versuchung zu widerstehen, in Billy's Bodega einzukehren.

Die Versuchung gewann, nicht zum ersten Mal, aber es war ein faires Match. Viel fairer als die meisten Sportwettkämpfe, die ich gesehen hatte.

Billys Kneipe sah größer aus als sonst. Aus dem einfachen Grund, dass weit weniger Menschen anwesend waren als sonst. Es waren ganz genau zwei – zwei alte Säufer, die zusammensaßen, jeder mit seinem Porter. Keiner der beiden sagte etwas. Sie waren längst über diesen Zustand hinweg – oder war es vielleicht das Alter? –, wo man redet.

Ein paar klackende Billardkugeln verrieten jedoch, dass sich auch ein paar Leute im Hinterzimmer aufhielten.

Ich ging zu Billy hinüber. Von weitem sah er müde aus, so müde wie ein Ehlers. Als ich näher kam, sah er noch müder aus. Es hatte nicht den Anschein, als könne mein Anblick dieser Tatsache abhelfen. In Billys Alter hat der Weihnachtsmann seine ehemals wichtige Rolle längst verspielt.

Ich bestellte und fragte artig, wie es ihm gehe.

»Glänzend. Ich habe die Chance meines Lebens, mich etwas zu entspannen. Alle Stammgäste hängen hier in der Gegend in anderen Lokalen herum, um nicht erschossen zu werden, sobald sie mein Haus verlassen. Einmal weg, immer weg. Wenn es so bleibt, kann ich in einem Monat dichtmachen.«

»In einem Monat ist das Ganze vergessen.«

»Wie kannst du da so sicher sein?«

»Das will ich dir sagen. Kannst du dich erinnern, als der Drogen-Dealer Jens Peter Lanning drüben im Café Sidste Stop niedergeschossen wurde?«

»Nein, und warum?«

»Warum – da siehst du es selbst. Es ist drei Monate her. Eine Woche lang – vielleicht auch zwei – kam keine Seele ins Sidste Stop, nachdem alle von der Schießerei gehört oder gelesen hatten. Und jetzt kommen sie wie gewohnt und haben alles vergessen – genau wie du. Und du bist doch sogar selbst in der Branche.«

Billy sah mich einen Augenblick wortlos an, während ich mein Glas hob und es gemäß seiner Grund-Bestimmung nutzte.

»Vielleicht bist du gar nicht so dumm«, sagte er dann.

»Danke fürs Kompliment«, antwortete ich.

Meinem Gefühl nach verdiente ich es.

Besonders da es – meines Wissens – niemals einen Drogen-Dealer namens Peter Lanning gegeben hatte und niemals – jedenfalls so lange ich im Viertel wohnte – auch nur eine einzige Schießerei im Café Sidste Stop.

Aber was tut man nicht alles, um melancholischere Mitmenschen aufzumuntern.

Frank war am Billard-Tisch aktiv, zusammen mit zwei jungen Kerlen seines Alters. Ich stellte mich für einen Augenblick diskret in die Türöffnung. So als ob ich das Spiel beobachten wollte. Wie der Alte Meister, der mal eben sehen will, wie es denn nun um die Jugend steht.

Frank wandte mir den Rücken zu. Die beiden anderen, jeder auf seiner Seite des Tisches, warfen mir nur einen gleichgültigen Blick zu, nahmen mich als visuelles Objekt wahr und gaben sich dann wieder ihren wirklichen Interessen hin.

Eine Serie später stand Frank – infolge der inneren Logik von Spiel und Stößen – am anderen Ende des Tisches und bereitete einen Ball in meine Richtung vor. Er sah mich und schüttelte den Kopf. Einfache Zeichensprache. Nichts Neues.

»Der ist doch verdammt noch mal einfach genug«, sagte einer der Mitspieler, der mit dem Rücken zu mir sein Kopfschütteln missverstanden hatte. »Nur nicht zu hart stoßen! Der muss gezogen werden!«

Er hatte Recht. Frank schoss acht.

Ich ging wieder zu Billy rüber, leerte mein Glas und bezahlte.

»Nimm dich in Acht vor den Kugeln, wenn du das Haus verlässt«, sagte er sarkastisch. »Ich kann es mir nicht leisten, noch einen Kunden zu verlieren.«

»Verlass dich auf mich«, antwortete ich. »Das kannst du schon. Das kann sogar meine Frau.«

Er lächelte.

»Dann bist du ja weit gekommen, Kumpel«, sagte er.

Mit diesen Liebenswürdigkeiten trennten wir uns.

Die Beine trugen mich immer noch, ohne zu klagen. Mein Hirn dagegen fragte in einem querulantischen Tonfall, wie viele Male, Tage, Wochen, Monate, Jahre sie noch wie ein patrouillierender Polizist hier im Viertel hin und her wandern sollten.

Ich ignorierte mein Hirn. Es stand offensichtlich auf Gittes Seite und war von ihr bestochen worden. Die reinste Korruption.

Es gab kein einziges Kind auf dem »Spielplatz«. Offenbar war ein wirkungsvolles Verbot von den Eltern ausgesprochen worden. Ein seltenes Vorkommnis in unserer Zeit.

Und die Leute in der Abel Cathrines Gade hatten es eilig, ungewöhnlich eilig.

In der Dämmerung, gerade vor Geschäftsschluss, gerade nach der Arbeit, hasteten sie hin und her zwischen den Läden und ihren Wohnungen. Niemand blieb stehen für einen Plausch, man rief sich bloß schnell über die Straße einen Gruß zu. Ganz anders als sonst ging es für alle darum, so schnell wie möglich nach Hause zu gelangen. Ein völlig neuer Stil im Distrikt.

Ich schloss mit mir selbst eine Wette ab, dass man die Türen besonders gründlich verschließen und die Sicherheitsketten vorlegen würde – gegebenenfalls bis zum heutigen Abend eine neue Kette angeschafft hätte. Alles sprach dafür, dass es ein guter Tag für den lokalen Schlosser gewesen war. Nichts steigert besser den Umsatz als Panik und Paranoia.

Innerhalb kurzer Zeit war ich bei Vesterbro Video. Der Laden sah immer noch unschuldig aus. Ich stand zehn Minuten im Hauseingang gegenüber, als wäre ich naiv genug zu hoffen, es würde im nächsten Augenblick nicht mehr schneien, sodass ich ohne Schnee auf dem Mantel weiterkommen könnte. Da machte der Schnee nicht mit, aber während ich dort stand, kamen und gingen die Scharen bei Vesterbro Video ein und aus, Leute jeden Alters, Geschlechts und Kleidungsstils. Es sah aus, als brächten die meisten zwei Kassetten hinein und trügen zwei andere wieder hinaus – als hätten sie immer zwei bei sich und tauschten nur die Wölfin Ilsa mit Rambo aus, James Bond mit Mad

Max, die Schulmädchen mit den Negermädchen, Morten Koch mit Vater von Vieren, oder was auch immer ihr spezielles Interesse war.

Anscheinend war es ein richtiges Volksvergnügen, ein moderner Jahrmarkt auf dem Dyrehavsbakke. Ich verstand jetzt, dass diese Betätigung – wie wahrscheinlich so viele andere – einen Teil des Alltagslebens darstellte, welcher vollständig an mir vorbeigegangen war. Ich mit meinen alten Büchern und verkratzten Schallplatten – ich musste eine Antiquität, ein Anachronismus in ihrer Welt sein.

Mindestens. Vielleicht sogar ein lebendiges Reiterstandbild.

Obwohl: wirklich lebendig?

Zwei junge Männer gingen an mir vorbei, als sie aus dem Geschäft kamen und die Straße überquerten.

»Hast du immer noch Betamax?«, sagte der eine. »Das System ist doch komplett veraltet, Mann! Da gibt's doch viel mehr auf VHS.«

Betamax und VHS?

Ich fühlte mich ausgeschlossen. Andererseits war das kein neues Gefühl. Einige Menschen leiden ihr Leben lang darunter. Ich persönlich hatte zwischendurch doch einige Pausen.

In der Istedgade hetzte man weniger als in der Abel Cathrines Gade. Auch auf der anderen Seite der Istedgade, da wo Anne wohnte, beeilte man sich nicht. Dort befand man sich nicht mehr in der Gefahrenzone. Die Gastarbeiter standen in dichten Männer-Trauben draußen vor ihren Geschäften und sprachen türkisch – oder vielleicht pakistanisch. Nach vorn gebeugt standen sie sich gegenüber wie alte Bäume auf den Thingplätzen in den Wäldern. Sie sprachen langsam, einer nach dem anderen, ruhig und würdevoll. Es sah aus, als wäre dies der Höhepunkt des Tages für sie.

Vielleicht war er es.

Manche Menschen können sehr genügsam sein.

Oder sehr klug.

Oder beides gleichzeitig.

Dann war ich beim früheren Café Dreieck, ein windschiefes Haus an der Ecke von Abel Cathrines Gade und Victoriagade. Das Haus war nicht einmal halb so groß wie die Mietshäuser, die dort spitz zusammenliefen und an die es sich anlehnte. Es war mit Holz verkleidet oder es einmal gewesen, was stellenweise noch immer sichtbar war. Vom restlichen Anstrich des alten Cafés blätterte immer noch blaue Farbe ab. So etwas ist ein langwieriger Prozess, eine unendliche Geduldsarbeit für das Wetter, wenn nich ab und zu ein menschliches Wesen eine helfende Hand reicht. Das war in diesem Fall nicht passiert.

In den Fenstern sah man kein Licht. Auf der solide wirkenden Tür stand auf einem Metallschild »Western Video Productions«. Nicht ein Wort mehr. Nichts über Büro- oder Öffnungszeiten. Nichts über den Inhaber. Gar nichts.

Auf der anderen Seite der Straße, genau gegenüber, lag – wie immer in Vesterbro – eine Kneipe.

Drinnen fand ein Feierabend-Gelage statt, wie man es bei Billy vermisst haben könnte. Man sprach nicht miteinander – man schrie. Teils um die Jukebox zu übertönen, teils um einander zu übertönen. Man verstand kein Wort, was vermutlich nicht bedeutete, dass jemand das Erlebnis seines Lebens verpasste.

Eine erschöpfte Kellnerin, die wahrscheinlich nur nach einer halben Flasche Whisky und einer Kiste Guldbier in der Lage war, ein vorsichtiges und provisorisches Lächeln hervorzubringen, bediente mich. Ich setzte mich an einen kleinen Fenstertisch mit Blick auf die Straße. Ich wartete. Nicht auf etwas Bestimmtes. Ich wartete nur.

Die Gastarbeiter-Trauben bewegten sich auseinander und sammelten sich erneut. Sie kamen und gingen und sammelten sich ständig aufs Neue. Es war zum schwindelig werden – von außen gesehen.

Die dänischen Bewohner des Viertels kehrten einer nach dem anderen mit ihren gefüllten Plastiktüten nach Hause zurück und verschwanden in den Eingängen. Es gab sechs identische Eingänge im Häuserblock hinter dem Café Dreieck, und ich sah, die meisten sich wie auf Kommando im Laufe weniger Minuten mit Menschen füllten – gerade in diesen Minuten. Die Türen glichen jetzt gigantischen Mäulern, die die Massen verschluckten.

Hinter meinem Rücken ging eine politisch-ideologische Debatte vonstatten.

»Geld, Mann!«, sagte eine laute heisere Stimme, die sich voller Hohn über die Kakophonie erhob. »Geld! Das ist alles, woran sie denken. Sie brauchen das ganze Leben, um dem Geld hinterherzujagen, und dann sterben sie verdammt noch mal an einem Magengeschwür, bevor sie es ausgegeben haben!«

»Wie Recht du hast, Bjørn!«, erklärte sich ein anderer solidarisch. »So ein Scheiß!«

»Ja, Geld ist schon Scheiße«, fuhr ein Dritter fort. »Gibts jemand, der mir einen Hunni leihen kann?«

Durchdringendes fünfstimmiges Gelächter.

Dänische Gemütlichkeit für Anfänger.

Dann plötzlich, gerade als ich mich in all dieser Vertrautheit langsam entspannte, wurde ich hart an der Schulter gepackt und mit dem Gesicht zum Lokal gedreht. Ein Riese, noch eine Nummer größer als Bob, zischte mit einem Spiritusatem, der eine weniger abgehärtete Person als mich auf der Stelle hätte umkippen lassen:

»Was treibst du hier – du dreckiger Polizeispion?«

Er gab mir keine Chance zu antworten. Er schlug mir direkt aufs Kinn. Er schlug hart.

Ich fiel nach hinten gegen das Fenster. Ich war nicht allein. Der Stuhl folgte mir treu ergeben.

26

Mein Kopf knallte gegen die Wand, aber wider alle Gesetze der Natur wurde ich nicht ohnmächtig.

Es dauerte eine gewisse Zeit, bis alle meine Glieder erneut einsatzbereit waren und ich mich erheben konnte. Aber ich hatte mehr Glück als mein Kollege. Der Stuhl würde sich niemals mehr erheben. Der hatte zwei Beine gebrochen.

»Was zum Teufel soll das bedeuten, Flemming?«, fragte ein Mann in Jeans und Pullover, der anscheinend einer Eingebung folgend in diesem Moment aus einem Hinterzimmer auf uns zukam. Er sprach mit einer gewissen Autorität, als wäre er der Wirt dieses Lokals.

»Das sag ich doch. Er ist ein verdammter Polizei-Spitzel. Er hat mich und meinen Bruder in den Knast gebracht.«

Erst, während ich mich langsam aufrappelte mit Ohrensausen und einem höchst ekelhaften, süßlichen Geschmack von Blut im Mund, leider sogar mein eigenes, erkannte ich ihn. Er hieß Flemming Hoff. Er und sein Bruder Allan (der ihm aufs Haar glich) waren in einen komplizierten Mordfall verwickelt gewesen, der in Zusammenhang mit dem Café Christopher stand, der Schwulenbar in Frederiksberg. Sowohl Ehlers, Kaspersen und ich hatten Bekanntschaft mit den Brüdern Hoff gemacht – ich ganz besonders, weil eines der Opfer als Kunstkritiker beim Bladet gearbeitet hatte.

Im Übrigen hatte ich – wie sicherlich die meisten – den Fall längst vergessen. Das hatte Flemming offenbar nicht.

»Flemming«, sagte der Wirt mit Nachdruck, ihn zurechtweisend wie ein Schullehrer. »Du machst das noch einmal, und ich rufe die Polizei.«

»Ruf lieber sofort an«, sagte ich. »Das ist eine Bürgerpflicht. Das war ein glasklarer Überfall. Das kann teuer für ihn werden. Er hat schon im Vorweg ein paar ähnliche Dinger auf der Rechnung. Da werden mit jedem Mal mehr Zinsen fällig auf dem Konto.«

Ich wollte mir nur selbst beweisen, dass ich immer noch reden konnte, selbst wenn meine Stimme ziemlich belegt klang.

»Du verdammter Schuft!«, zischte Flemming ungnädig und ging mit erhobener Faust einen Schritt vor. »Ich werd es ...«

Es blieb indessen ein Rätsel, was er sich vorgenommen hatte. Auf ein Zeichen des Wirts ergriffen zwei resolute Männer jeweils einen seiner Arme und zogen ihn einen Meter zurück. Die Gäste machten der Dreieinigkeit bereitwillig Platz.

Er versuchte sich loszureißen, aber es gelang ihm nicht. Wohl war er stark wie ein Stier – und nicht weit davon entfernt, etwa halb so begabt zu sein –, aber die beiden Typen waren auch keine Schwächlinge. Sie hielten fest, als ob sie wüssten, wie man das macht.

Und der Wirt war nun mal Wirt. Ein Wirt weiß, wie viel Scherereien er bekommen kann. Und ein Wirt ist – wie ich die letzten Tage immer wieder erfahren hatte – nie besonders erpicht auf Scherereien, besonders nicht mit der Polizei.

Ich überlegte einen Augenblick und sah auf den wild strampelnden Flemming, während ich noch ein bisschen frisches Blut von meinen Lippen leckte.

Vielleicht ist doch etwas dran an dem alten Sprichwort,

das vom »Blut lecken« spricht. Jedenfalls ging ich, bevor ich recht wusste, was ich tat – direkt auf ihn los.

Meine Technik, was Schlägereien betrifft, ist nicht viel wert – hauptsächlich weil die passenden Gelegenheiten fehlten, um sie zu perfektionieren. Für eine wirkliche Technik auf diesem Gebiet braucht man Training.

Aber einige der eher bescheidenen dreckigen Tricks vom Schulhof der Kindheit beherrschen wir wohl alle.

Ich stieß ihm meine ausgestreckte Rechte so weit ins Zwerchfell, wie ich konnte. Ich habe – in aller Bescheidenheit gesprochen – einen recht langen Arm.

Er löste sich – oder besser gesagt stürzte – aus dem Griff der zwei Typen, wobei er sich instinktiv ans Zwerchfell fasste, als er vornüberfiel.

Und gerade als er in die passende Schräglage schwankte, genau in den günstigsten Winkel, verpasste ich ihm drei schnelle Schläge direkt auf den Kiefer. »Mit allem, was in mir steckte«, wie wir Sportsleute sagen.

Der erste Schlag brachte ihn dazu, sich fast wieder aufzurichten. Der zweite ließ ihn nach hinten sinken. Der dritte streckte ihn zu Boden, und sein Kopf knallte auf die Dielen, gefolgt von einem Dröhnen. Holz gegen Holz – Kopf und Boden –, das war es nicht, was den Lärm verursachte. Das Dröhnen kam von dem hundertzwanzig Kilogramm schweren Körper, der zum Kopf gehörte – seinerzeit wahrscheinlich als kompensatorisches Zugeständnis mitgeliefert.

Sein Kopf war nicht so hart wie meiner. Flemming blieb liegen.

Doch ohne zu bluten.

»Das war nicht sehr nett«, äußerte der Wirt sein moralisches Missfallen.

Wie ich erst jetzt entdeckte, war in der Kneipe eine absolute Stille eingetreten.

»Nein«, räumte ich ein. »Nein. Das war es nicht. Es war auch nicht sehr nett von ihm, voll auf einen Mann loszugehen, der auf einem Stuhl sitzt und aus dem Fenster guckt. War das vielleicht fair?«

»Das stimmt wirklich«, sagte Bjørn, die heisere Stimme, die vorher über die Zerstörung des kurzen menschlichen Lebens durch das monetäre System philosophiert hatte. »Wie du mir, so ich dir. Flemming hat selbst Schuld, verdammt noch mal. Bist du wirklich Bulle, Mann?«

»Weit davon entfernt«, antwortete ich. »Ich bin nur ein Scheißjournalist. Hier – meine Pressekarte.«

Ich nahm mein Portemonnaie aus der Tasche und zog sie demonstrativ hervor, mit Porträtfoto, Unterschrift und allem Drum und Dran. Bjørn und der Wirt starrten sie an. Die zwei Typen, die Flemming gehalten hatten, starrten über ihre Schultern hinweg ebenfalls.

»Ich war mal dabei – als Journalist –, als die Polizei ihn festnahm. Und das haben sie schon mehrmals gemacht. Aber dieser Idiot da«, ich erlaubte mir mit einem direkten kontrollierten Tritt, präzise zu zeigen, wen ich meinte, »kann nicht einmal den Unterschied erkennen zwischen einem Bullen und einem Journalisten, der nur einen Fall für seine Zeitung deckt. Oder auch traut er sich nicht, einen Bullen zu überfallen, sondern nur einen Journalisten, der unbewaffnet und fünfzig Kilo leichter ist und nicht daran gewöhnt, Probleme auf diese Art und Weise anzupacken.«

Man sah mich an. Alle sahen mich an. Abwartend.

Ich war dran zu sagen, was Trumpf ist.

»Gebt mir ein Telefon«, sagte ich. »Und einen Drink.«

Die abgetakelte Kellnerin zeigte sich verdutzt über den Gang der Ereignisse, brachte mir aber einen Drink und stellte bereitwillig das Telefon auf die Bartheke.

Im Beisein sämtlicher Zeugen rief ich die Polizeiwache am Halmtorvet an und bat darum, einen betrunkenen Gewalttäter abzuholen, der ohne jeglichen Anlass versucht habe, mich niederzuschlagen.

Der Wirt freute sich gar nicht darüber, überhaupt nicht. Wirte sind so zart besaitet.

Andererseits hatte er keine Chance, es zu verhindern, außer mich auf der Stelle totzuschlagen – mit allzu vielen neugierigen Kunden als Zeugen.

Nicht gesund fürs Geschäft.

Kellermann kam innerhalb von fünf Minuten. Aus gutem Grund nimmt sich oft Kellermann dieser Fälle an. Er hatte einen jungen schmächtigen Burschen dabei, offensichtlich ein neues Füllen aus der Provinz, das er in die stinkenden Großstadt-Slums einführen sollte. Dieser Bursche würde schon eingeführt werden. Er war auf bestem Wege.

»Ja«, sagte Kellermann, in aller Gemütlichkeit, so vergnügt, als wollten wir mit der Firma auf einen kleinen Waldausflug, auf den er sich lange gefreut hatte.

»Na, du bist es also? Und das ist er? Hör mal, da taucht doch die Frage auf, wer wen überfallen hat.«

»Selbstverteidigung«, sagte ich. »Jeder Anwesende kann bezeugen, dass er es war, der auf mich losging, von hinten, um sicherzugehen.«

Kellermann sah in die Runde.

Die Gäste nickten, einer nach dem anderen. Die beiden Typen, die Flemming gehalten hatten, nickten sehr energisch. Sie wollten diesen Fall am liebsten nicht im Detail erörtern.

»Soll ich ihn festnehmen?«, fragte Kellermann. »Willst du Anzeige erstatten?«

»Nein«, antwortete ich. »Nur aus dem Weg mit ihm. Er besudelt den Fußboden eines anständigen Etablissements.

Und die Leute können nicht ständig über ihn hinwegsteigen, wenn sie auf die Toilette müssen. Er vergrault die Kunden. Werft ihn in die Ausnüchterungszelle, und entlasst ihn mit einer gehörigen Verwarnung, morgen oder übermorgen, oder wann immer er wieder nüchtern wird.«

»Mit Vergnügen«, sagte Kellermann. »Ich kenne ihn von früher. Wenn er aufwacht, hat er sicher Lust auf eine Schlägerei – dann kann ich meine Muskeln etwas trainieren. Und er bekommt Gelegenheit, sich mit jemandem zu prügeln, der genauso groß ist wie er selbst.«

Er fing an, Hoff aus dem Raum zu ziehen – ganz unzeremoniell –, über den Boden, als zöge er einen Schlitten hinter sich her.

Das sah nicht nett aus. Das sollte es auch nicht. Es war gedacht als praktische Illustration einer Vorgehensweise, die Kellermann seinerzeit auf der Polizeischule »präventive Kriminalpolitik« genannt hätte.

Als die Tür sich hinter ihnen schloss, erwachte die Kneipe wieder zum Leben. Plötzlich merkten alle – anscheinend gleichzeitig –, dass für zehn Minuten fast totale Stille geherrscht hatte. Jedenfalls hatte nur einer zurzeit geredet.

Etwas Einzigartiges in einer Kneipe in Vesterbro. Sozusagen lokal-historisch.

Dann hob das Palaver wieder an. Man erörterte das Vorgefallene. Jeder hatte seine eigene Ansicht.

»Du bist ganz in Ordnung, Mann«, sagte der heisere Bjørn und klopfte mir auf die Schulter. »Du hättest ihn einlochen lassen können, wenn du gewollt hättest. Der Nächste geht auf meine Rechnung!«

»Nein, auf meine!«, sagte der Wirt entschieden.

»Gebt ihm doch beide einen aus«, sagte eine dritte Stimme mit einem angeborenen Sinn für salomonische Lösungen.

Das Lachen breitete sich aus. Das befreiende dänische Lachen.

Unter hinzugedachten Klatschsalven nahm ich mir einen neuen Stuhl und setzte mich – gänzlich unangefochten – an meinen Tisch.

In der Zwischenzeit war im Café Dreieck etwas vor sich gegangen. Jemand war gekommen. Jemand hatte das Licht eingeschaltet – im ersten Stock. Ein blaues Licht in derselben Nuance, wie es auch die Krankenwagen auf dem Dach haben.

Fünf Minuten später kam ein Mann die Straße herauf und betrat die Western Video Productions. Er hatte einen eigenen Schlüssel dabei. Und eine Plastiktüte.

Ich glaubte, ihn schon einmal gesehen zu haben, aber es dauerte etwas, bis ich ihn einordnen konnte. Ich bin auch nicht mehr so jung, wie ich mal war, und ich treffe so viele verschiedene Menschen jeden Tag.

Es war der junge Verkäufer von Vesterbro Video. Ich hatte ihn bedienen sehen, als ich durchs Fenster starrte.

Genau die umgekehrte Situation, aber doch sehr ähnlich. Offenbar war es in letzter Zeit mein Job, in Fenster hinein- oder aus ihnen hinauszustarren. Ein ausgezeichneter Job. Nicht übertrieben gut bezahlt, aber auch nicht zu anstrengend – ausgenommen wenn die Gebrüder Hoff einen unbedingt auf die Dielenbretter befördern müssen.

»Du musst aufpassen. Eines Tages geht es schief ...«, wie Gitte so oft gesagt hatte. Und damit hatte sie zweifellos genauso oft Recht gehabt.

Der junge Verkäufer kam zwei Minuten später wieder aus dem Haus. Er hatte eine Plastiktüte bei sich gehabt, und jetzt hatte er keine mehr. Offensichtlich hatte er sie abliefern sollen. Selbst ein Denker vom Format eines Flemming

Hoff hätte so weit kombinieren können. Nichts auf der Welt schien natürlicher zu sein. Absolut nichts.

Und doch sagte mein Instinkt – oder was davon übrig war – mir – oder was von mir übrig war –, dass irgendetwas nicht stimmte.

Ich stand auf, verabschiedete mich und ging. So konnten die anderen sich endlich ganz ungezwungen unterhalten. Und so konnte ich vielleicht die Dinge etwas ungestörter in Augenschein nehmen.

Den letzten Stand der Dinge.

27

Die vor meinem Kneipenbesuch noch vor Geschäftigkeit brummenden Straßen lagen jetzt einsam und verlassen da. Es war, als ob die Welt, Abteilung Vesterbro, die Gelegenheit zum Maskenwechsel genutzt hätte, während ich in der Kneipe war. Die Welt, nicht zuletzt Abteilung Vesterbro, macht sich in der Regel jeden noch so verdammten dreckigen Trick zu Nutze, an den sie herankommen kann. Sie hat es uns anderen beigebracht. Sie muss es jetzt einfach so nehmen, wie es ist – wie Eltern mit ihren Kindern.

Ich zündete eine Zigarette an, steckte die Hände in die Taschen und schlenderte um das Haus herum, als ob ich mich gerade auf einem beschaulichen Abendspaziergang befände. Die Illusion war vollendet – außer, dass niemand im Vollbesitz seiner geistigen Kräfte einen Abendspaziergang in so einem Schneesturm unternehmen würde.

Immer noch brannte nur das eine blaue Licht im ersten Stock der Kneipe. Das Erdgeschoss war dunkel.

Und es drang kein Laut aus dem Haus.

Es war gerade die tote Stunde in den Straßen der Stadt. Die Stunde, in der die Menschen – je nach Alter, Neigung, Temperament und gesellschaftlicher Stellung – ihr warmes Abendessen einnahmen, die Nachrichten sahen, den Kindern Gute-Nacht-Geschichten vorlasen, die abendlichen Vergnügungen planten oder was sie sonst so alles vorhatten.

Nur vom türkischen – oder vielleicht pakistanischen –

Club im Keller gegenüber hörte man einzelne, gottlob unverständliche Stimmen.

Es war eisig kalt. War es zuvor nur ganz gewöhnlich »kalt« gewesen, hatte das Klima jetzt ein Stadium erreicht, wo es seinem grönländischen Kollegen ein paar avancierte kleine Ideen und Stalltipps hätte geben können.

In fast jedem Fenster, an dem ich vorbeikam, sah ich die Reflexion eines Fernsehschirms mit demselben Bild: ein Mann – wahrscheinlich ein Politiker –, der die Arme erhob und unterdessen offensichtlich etwas verkündete.

Die Figur, die Silhouette, sagte alles. Man brauchte ebenso wenig die exakten Worte zu kennen wie eine Amsel zu fragen, was sie eigentlich mit dem Regenwurm zu tun gedachte, der zufällig aus ihrem Schnabel baumelte. Jeder konnte sehen, dass er von Freiheit und Demokratie sprach – zwei der am häufigsten malträtierten Begriffe auf der Welt, für immer noch eine Rede gut.

Ich schickte einen liebevollen Blick zum Hauseingang, in dem Anne und ich vor drei Abenden gestanden hatten.

Der Blick folgte unwillkürlich – wie eine Kugel, die abprallt – einer Bahn hinüber zu der Stelle, wo der Schütze gestanden haben musste: dem Mietshaus neben dem Café Dreieck.

Dort fand irgendeine Reparaturarbeit statt. Vielleicht war man dabei, die Dachrinnen zu säubern – wenn ja, dann zum ersten Mal im Laufe dieses Jahrhunderts. Oder man beabsichtigte, das Dach zu reparieren, weil die Schnee-Mengen im Wohnzimmer auf Dauer die Tendenz hatten, einige der zarter besaiteten Bewohner zu irritieren.

Was auch immer der Grund: Es lehnte eine Leiter am Haus, ganz allein. Und sie hatte niemanden, der auf sie hinaufklettern wollte.

Im selben Moment, als ich die Leiter sah, dachte ich wieder an Gittes Worte: Eines Tages geht es schief.

Eine Sekunde später hatte ich aufgehört zu denken und war dabei, sie den einen Meter weiter zum Café Dreieck zu rücken.

Es war eine hohe, schwere Leiter, aber es glückte mir, dem Gesetz der Schwerkraft sei Dank. Als sie schräg gegen das Café gelehnt war, sah ich mich nach allen Seiten um – wie ein Mann mit schlechtem Gewissen.

Als ob jemals ein Mann mit etwas anderem existiert hätte. Vom »guten Gewissen« spricht man nicht. Entweder hat man ein schlechtes oder gar keins.

So bestieg ich die Leiter, Stufe für Stufe. Sie war nicht allzu solide, aber sie versprach zu halten. Hätte ich Flemming Hoffs Gewicht gehabt, hätte sie das nicht versprochen. Man muss immer positiv denken.

Ich hatte das Dach des Café Dreieck erklommen. Um nicht gesehen zu werden, legte ich mich flach hin. Allzu aufmerksame Passanten mit einer allzu lebhaften Phantasie könnten sonst glauben, ich führte etwas Kriminelles im Schilde.

Ich kroch langsam über das geteerte Dach zum Giebel. Das bekam meinem Mantel nicht gut, aber eine Schlange mit Sinn für die Technik des Jobs hätte meinen Einsatz gebührend gewürdigt.

Ich schaffte es bis zum Fenster mit dem blauen Licht.

Als ich glaubte, jemand im Haus spiele ein Solo-Konzert mit Buddy Rich (oder meinetwegen auch Ginger Baker), wurde mir klar, dass es nur mein Herz war, das hämmerte. Nur in Kriminalromanen ist es so leicht, auf Dächer zu klettern. In der Wirklichkeit ist es anders.

Wie alles anders ist – in der Wirklichkeit.

Diesem Satansweib!

Ich sah vorsichtig ins Fenster.

Dort standen zwei Männer, ein großer und ein kleinerer, mit dem Rücken zu mir in einem geräumigen, ziemlich leeren Zimmer, das nicht viel anderes enthielt als ein paar Stühle und den Tisch, vor dem sie standen. In der Mitte des Tisches hatten sie einen Haufen Video-Kassetten, und vor sich auf den Seiten hatte jeder seinen Stapel, als ob sie packten. Sie standen da wie Lagerarbeiter in der Kaffeepause und rauchten eine Zigarette.

Die allgemein erbärmliche Isolierung in den Kopenhagener Slumvierteln brachte es freundlicherweise mit sich, dass ich hörte, was sie zueinander sagten.

»Na ... wollen wir jetzt endlich einmal fertig werden?«

»Immer mit der Ruhe. Einen Augenblick noch.«

Der eine war fast fertig mit seiner Zigarette. Der andere nicht.

Der eine rauchte vermutlich Kings, der andere vielleicht Cecil oder Northstate. Fünf Züge mehr.

»Wir können es genauso gut hinter uns bringen, nicht?«

»Wirst du allmählich nervös?«

»Ach, halt doch den Mund ...«

»Mensch, wirklich. Das bist du schon seit Blackie ...«

»Ich sagte: Halt den Mund!«

Der andere zerquetschte die Zigarette. Ich konnte sehen, wie sein Absatz das machte. Von hinten gesehen schien er einen frenetischen Ragtime zu tanzen.

Der eine – der kleinere Typ – ergriff eine seiner Kassetten, nahm daraus eine kleine Plastiktüte und reichte sie dem anderen. Der andere legte die Tüte in eine seiner Kassetten und revanchierte sich bei seinem Partner mit einem Video-Band, das dieser in seine Hülle packte – ungefähr wie in alten Zeiten die Naturvölker in anthropologischen Aufzeichnungen ihre Perlen tauschten.

In den kleinen Plastiktüten waren glänzende weiße Kristalle. Sie glitzerten verlockend. Es konnte Heroin sein oder auch Kokain. Vielleicht auch die eine oder andere der unzähligen chemischen Verbindungen von Speed.

Es konnte auch gemahlener Zucker sein. Aber warum sich die Mühe machen, den in Kassetten zu verpacken?

Die blaue Glühbirne gab der Szenerie einen unwirklichen Schein. Die Bewegungen waren langsam und stilisiert. Tüte für Tüte und Band für Band wurden ausgetauscht. Jede Tüte wurde sorgfältig geprüft und gehätschelt. Die Bänder wurden schludriger behandelt.

Mein Fuß stieß gegen eine Unebenheit im Dachbelag. Der größere der Lagerarbeiter drehte sich um.

Ich schaffte es gerade noch, zur Seite zu rollen.

»Was ist los?«, fragte der Kleinere.

»Ich hab was gehört.«

»Quatsch! Ich hab ja gesagt, dass du langsam nervös wirst. Wie wär's, wenn du die Finger von dieser Sache lässt und in deinen alten Job zurückgehst?«

»Halt's Maul!«

»Ja, ja, lass uns endlich weitermachen. Wie viele waren das?«

»Fünfunddreißig.«

»Gut. Das sind die, um die du dich kümmerst. Dann kommen wir zu meinen.«

»Hier.«

Vom Dach aus glaubte man eine Filmszene vor sich zu haben. Ganz interessant, wenn man selten ins Kino geht, aber es war kalt, das Blut an meinen Lippen war getrocknet, und ich hatte genug gesehen. Ich konnte genauso gut eventuellen aufmerksam zuschauenden Kriechtieren zeigen, wie man – »mit Anmut und Würde« – von einem Dach steigt.

Ich stand gerade im Begriff, das Projekt zu beginnen, als der große Typ sagte:

»Als ob Blackie was getan hätte.«

»Er hat seine Arbeit vernachlässigt«, sagte der Kleinere. »Und er redete zu viel. Er war selbst drauf. Wie du ja weißt.«

Es klang wie eine Diskussion, die sie schon viele Male geführt hatten. Der Ton war wie der gewöhnliche Diskussions-Ton in der Kantine des Bladet, wenn es um die Rechtmäßigkeit einer Entlassung ging.

»Und was, wenn ich es wäre?«, knurrte der Kollege zurück.

»Das wird passieren – wenn du dich nicht bald zusammennimmst.«

Ausgezeichnet, dachte ich. Ausgezeichnet. Es gibt nur eins, was ich tun muss: wieder runter, zum nächsten Telefon und die Polizei anrufen – sie können es noch schaffen.

Ich arbeitete mich rückwärts zurück.

»He, Kumpel, was machst du da oben?«, rief eine muntere Stimme auf der Straße.

Ich legte mich flach hin wie ein Toter.

»Nur ein Besoffener«, sagte eine andere Stimme.

»Merkwürdige Stelle, seinen Rausch auszuschlafen«, sagte der Erste. »Er kann erfrieren. Was meinst du, sollen wir nicht die Polizei anrufen?«

»Das geht uns nichts an«, lautete die klassische Antwort. »Warum sollen wir uns einmischen?«

Sie gingen weiter.

Ich konnte mich nicht entscheiden, ob ich dankbar sein sollte, dass sie sich nicht einmischten – oder ob ich mich darüber ärgern sollte. Während ich töricht auf dem Bauch lag und zu einem, wie mir schien, zürnenden düsteren Himmel über Vesterbro hinaufsah, wurde mir klar, dass etwa die Hälfte aller Probleme auf der Welt von Menschen herrühren, die sich partout einmischen wollen – und etwa die andere Hälfte von denen, die das absolut nicht wollen.

Taschenphilosophie für Lebenslehrlinge.

Zentimeter für Zentimeter näherte ich mich der Leiter.

Als ich den Fuß auf die oberste Stufe setzte, fühlte ich mich sicher wie ein Käfigvogel, der nach einem Ausflug auf seine Sitzstange zurückkehrt.

Als ich meinen Fuß auf die nächste Stufe setzte, hörte ich einen Knall.

Mehr Stufen schaffte ich nicht. Ich stürzte hinunter.

Und alles wurde schwarz.

Eine hübsche Farbe. Besonders wenn man sie selbst ausgesucht hat.

Coda

28

Als ich wieder »zu mir« kam – kein angenehmer Ort, und seien Sie froh, dass Sie niemals in diese Verlegenheit gekommen sind –, fühlte ich mich wie wiedergeboren.

Irgendwo in meinem Unterbewusstsein hatte es die Vorstellung gegeben, dass ich tot war. Das war ich also nicht. Ich konnte die Augen öffnen, und das vermochten nur die wenigsten Toten.

Ich konnte sogar die Augen weit genug öffnen, um zu sehen, dass ich oben auf dem Deckel eines Plastik-Containers lag. Ich war von der Leiter gefallen und direkt darauf gelandet. Dieser Plastik-Container war ein freundlicher Vertreter seiner Art. Generös hatte er mich vor einigen unschönen – aber doch zweifellos relevanten – Eventualitäten geschützt, wie z. B. einem gebrochenen Hals, einem zertrümmerten Kiefer, einer lädierten Schulter oder einer Reihe abgetrennter zerquetschter Gliedmaßen.

Ich entschloss mich auf der Stelle, meine eventuellen – höchst fragwürdigen – irdischen Besitztümer dem Erfinder des Plastik-Containers oder seinen engsten Hinterbliebenen zu hinterlassen, als Zeichen meiner ewigen Dankbarkeit.

Mein erster Gedanke war, dass Stunden vergangen sein mussten.

Das war nicht korrekt, so wie die meisten Gedanken, die ich gehabt habe. Meine Uhr hatte den Sturz genauso glücklich überlebt wie ich. Meine Uhr hatte genauso standhaft durchgehalten wie ein treuer pensionsberechtigter Krankenkassen-Beamter und zeigte, dass nur fünf Minuten vergangen waren. Meine Uhr war weiterhin in guter Form.

Sie hatte nur ein einziges Problem: Sie war rot geworden. Sie war sonst immer weiß gewesen.

Bei näherem Hinsehen erwies sich das Rote als abwischbar. Es hatte allerdings einen verdammt gehässigen, raffinierten Trick in der Hinterhand: Jedes Mal, wenn ich es abwischte, kam mehr.

Es kam von meinem Arm. Es kam ziemlich viel.

Ich versuchte, den Arm zu bewegen.

Das war keine gute Idee. Je mehr ich den Arm bewegte, desto mehr strömte das Blut.

In meinem Alter sollte gar nicht so viel Blut im Körper sein.

Ich legte mich wieder zurück auf den Container. Home, sweet Home stand auf einer unsichtbaren Stickerei über dem nicht existierenden Kaminsims. Ich war so müde. Viel zu müde für irgendetwas. Einfach nur stille liegen, das war genug.

Aber zu meiner eigenen Überraschung rollte ich plötzlich nach hinten gegen die Mauer.

Das weckte mich auf.

»Na danke. Da haben wir ja einen Alki«, sagte eine Stimme. »Aber endlich mal einen, der sich selbst in den Container befördert hat, weil er weiß, wo er hingehört.«

»Er blutet«, sagte eine andere. »Vielleicht sollten wir ...«

»Halt doch die Klappe«, sagte die erste Stimme mit Nachdruck. »Lass ihn in Ruhe, und fass ihn nicht an. Er hat sicher Aids – oder Typhus oder noch was Schlimmeres. Da ist sowieso nichts in diesem Container. Lass uns hier weg, bevor wir in irgendetwas hineingezogen werden.«

»Ja, aber denkst du, wir können einfach ...«

»Komm jetzt, Keld!«

Die Stimmen verschwanden mit schlurfenden Schritten – als ob Stimmen Füße hätten.

Ich öffnete wieder die Augen.

Ich fühlte mich wie ein Zombie in einem Gruselfilm. Ich richtete mich langsam auf und tastete vorsichtig ab, ob jeder Muskel auf seinem für ihn reservierten normalen Platz war. Ich setzte mich auf die Kante des Containers und sann darüber nach, was eigentlich passiert war, so wie man es macht, wenn man während eines Films eingeschlafen ist und einige Szenen nicht mitbekommen hat.

Das blaue Licht brannte immer noch. Wahrscheinlich zählten sie immer noch Tüten durch – wie die Bankangestellten es hinter ihren Tresen machten oder die Kassiererinnen in den Supermärkten. So wie kleine festangestellte Staatsbürger es machten, in ihren hübschen Reihenhäusern an jedem Monatsersten, wenn die Überweisungen für Miete, Elektrizität, Telefon, Fernseh-Gebühren und die übrigen Abgaben vor ihnen auf dem Esstisch lagen. Wie im Großen und Ganzen alle Menschen zu derartigen Regelmäßigkeiten und Ritualen gezwungen sind, in diesem peinvoll pervertierten Dasein, das wir uns, sadistisch wie wir sind, selbst erschaffen haben.

Der unsichtbare Knochenmann grinste hinter meinen Schultern. Das tat er schon, seit ich 14 Jahre alt war und ihn zum ersten Mal bemerkte, also ignorierte ich ihn dieses Mal und konzentrierte mich so gut es ging auf meinen Abstieg vom Container.

Das war nicht leicht. Der linke Arm hing so seltsam herunter.

Es glückte trotzdem. Gott ist gut – oder vielleicht auch nur Abonnent des Bladet.

Oder sogar Aktionär.

Ich stand auf meinen eigenen Füßen, schwankte wie ein

Ginsterbusch im Sturm und atmete wie ein chronischer Asthma-Patient nach einem Marathonlauf.

Dann ging ich – langsam, taumelnd, unsicher, kurz gesagt: weit davon entfernt anmutig zu sein – vom Café Dreieck zum nächsten Telefon.

Das nächste Telefon war noch dasselbe wie vor drei Tagen. Es war das Telefon, das im Café in der Abel Cathrines Gade stand, wohin ich Anne getragen hatte. Das Dasein – wenn man es so nennen darf, ohne eine Verleumdungsklage zu riskieren – hat seine eigene Ironie.

Dieses Mal schleppte ich nur mich selbst, und daran war ich mehr oder weniger gewöhnt, auch wenn ich normalerweise leichter war.

Der vierschrötige Barkeeper war derselbe wie letztes Mal und machte ein Gesicht, als wäre mein Erscheinen eine aus niederen Beweggründen geplante persönliche Beleidigung oder Verfolgung seiner selbst. Sein angewiderter Blick ließ deutlich erkennen, dass hier ein ausgesprochen perverser Querulant nahte. Der, wenn er nicht gerade abgeschlachtete Frauen anschleppte, zumindest gewissenhaft dafür sorgte, dass er selbst angeschossen wurde und unästhetisch blutete. Wahrscheinlich der Vorsitzende des weltoffenen, Kontakte suchenden sado-masochistischen Zentrums.

Auf meinem Weg zur Telefon-Box brummte ich in seine Richtung: »Spar dir ein kleines Lächeln auf für trübe Tage.«

Er kümmerte sich nicht darum.

Sein Problem.

Und ich gönnte es ihm. Meinetwegen noch viele weitere. Ich hatte genug an meinen eigenen.

Kaspersen war wieder einmal stellvertretender Chef auf der Polizeiwache am Halmtorvet. Er versprach, sofort mit einigen Leuten zu kommen.

Ich bedankte mich höflich und legte den Hörer auf seinen Platz.

Es war schon immer einer meiner festen Anhalts- und Standpunkte »hier im Leben«, dass man den Telefonhörer nach Gebrauch genauso gut wieder auf seinen Platz legen kann. Das ist eine äußerst praktische Einstellung. Man weiß dann sozusagen, wo man ihn das nächste Mal findet.

Wenn es ein nächstes Mal gibt. Aber macht man es nicht für sich selbst, dann macht man es – erfahrungsgemäß – für jemand anders.

Und somit hat man es für die Menschheit getan. Nur eine Kleinigkeit, vielleicht, aber trotzdem ein Plus auf der Rechnung.

Ich ging nach draußen, den durchdringenden vorwurfsvollen Blick des Barkeepers im Rücken. Ich ließ alle Hoffnung fahren, an diesem Ort bei der Bedienung jemals populär zu werden. Damit musste ich – wie sämtliche Politiker aller Couleur in dieser Saison sagten – »zu leben lernen«.

Es ist unglaublich, mit wie viel man zu leben lernen muss. Die meisten brauchen genau genommen ein Leben lang, um sich daran zu gewöhnen.

Die Ordnungsmacht erschien im Laufe von fünf Minuten, sechs Mann hoch. Ich hatte Kaspersen gerade einmal zugeflüstert, worum es sich handelte. Jeder kann paranoid werden. Im Grunde genommen verdient jeder, der – in diesen Tagen, hier in der Stadt – es nicht wird, eine Prämie plus gratis Beköstigung auf dem Rathaus.

Kaspersen war nervös und unentschlossen.

»Bist du sicher?«, fragte er.

Kellermann stand neben ihm. Er grinste und sagte: »Wenn er genauso sicher ist wie vorhin mit seinen Fäusten, müssen wir uns keine Gedanken machen.«

»O. k.«, sagte Kaspersen.

Er war zwar der Vorgesetzte, aber Kellermann hatte seine eigene Autorität.

Noch von der seltenen Sorte – die nicht auf dem Papier steht.

Was dann kam, war eine Vorstellung, die ich – zum wiederholten Mal – gesehen zu haben glaubte.

Es wurde an die Tür geklopft, und keiner öffnete.

Es wurde gegen die Tür getreten, und keiner öffnete. Aber das blaue Licht erlosch.

»Bist du sicher?«, fragte Kaspersen noch einmal.

Ich nickte und seufzte.

Dafür brauchte ich genauso lange, wie Kellermann brauchte, um die Tür zu zerlegen. Es sah aus, als ob er ihr nur einen Tritt gab. Er musste noch irgendetwas anderes getan haben, aber jetzt war es dunkel. Und ich sah nicht gut. Nicht halb so gut wie gewöhnlich. Da gab es einen dünnen Film zwischen mir und dem Rest der Welt.

Es war still im Haus. Es war still auf der Straße. Das Universum war still, als Ganzes betrachtet. Es gab nur ein einzelnes Taxi, das vorbeifuhr und einige akute Probleme mit seinem Auspufftopf zu haben schien.

Es gab nicht einmal einen Vesterbro-Fuchs.

Kellermann ging resolut zur Tür hinein. Einen Augenblick später hörten wir einen Schuss.

Wenn es nicht noch ein defekter Auspufftopf war. Wer kann das schon hören? Ein Laut ist ein Laut.

Kellermann kam zurück. Unversehrt und grinsend.

»Wir haben sie«, sagte er. »Dieser Schuss war so gut wie ein Geständnis.«

Anweisungen wurden gegeben.

Ich zündete mir eine angeknickte Zigarette an und hatte das idiotische Gefühl, ich könnte mich auf sie stützten.

Wie auf einen Stock.

Kaspersen ging – mit zusammengepressten Lippen, aber doch zielstrebig – voraus ins Café Dreieck. Kellermann folgte nach. Es war verblüffend, mit welch katzenartiger Leichtigkeit dieser große schwere Mann gehen konnte.

Ich wusste, dass ich nutzlos war – in diesem Moment, so übrigens auch (wie viele Leute behaupten würden) für den größten Teil meines bisherigen Lebens. Ich lehnte mich an die Mauer. Ein Flieder wuchs daneben. Es waren keine Blüten an diesem Flieder. Die gibt es auch selten im Februar, aber aus dem einen oder anderen Grund ärgerte es mich, als ob ich um irgendetwas betrogen würde.

Von oben kam ein Schuss.

Dann noch einer.

Und dann ertönte Kellermanns Stimme: »Das war es. Nehmt alles mit!«

Er klang, als spräche er in ein Mikrofon. Und das Mikrofon klang, als wäre es in mein Ohr hineinoperiert. Aber worüber ich mich am meisten wunderte war, wer denn ein Klavier auf die Straße gestellt hatte, um gerade jetzt einen Ragtime zu spielen.

»Das hat sich gelohnt«, war das Nächste, was ich hörte. »Zehn Kilo. Reine Ware.«

Es war Kaspersen, der mit mir sprach, während ich hin und her schwankte – im Ragtime-Rhythmus.

»Du bist ja verletzt«, sagte Kaspersen. »Zum Teufel, du blutest. Was ist passiert?«

Diese Frage konnte ich ihm nicht beantworten. Ab diesem Augenblick wusste ich selbst nicht mehr, was passierte.

29

Als ich wieder aufwachte, fühlte es sich an, als wäre der Container in der Zwischenzeit behaglicher und weicher geworden.

Und gegenüber saß Gitte und las die Zeitung. Ein hübscher Anblick, aber es musste eine Halluzination sein.

Das war es nicht. Ich war zu Hause – in meiner eigenen Wohnung.

Für einen Moment schloss ich wieder die Augen, um mich zu konzentrieren und zu erinnern. Es glückte mir so in etwa, die Ereignisse der letzten Tage in Zusammenhang zu bringen. Auf jeden Fall in meiner Erinnerung. Es gab nur einige Stunden, die waren verloren gegangen – so wie ein Abschnitt aus einem Zeitungsartikel manchmal verloren geht.

Von meiner Matratze aus sah ich aus dem Fenster. Es war hell genug, um Morgen oder Vormittag zu sein.

Der Schnee fiel immer noch.

Und Gitte ließ die Zeitung sinken, in der sie gelesen hatte, sah mich umherblicken und kam herüber und küsste mich.

»Das ist doch unglaublich, in welch einer Unordnung du immer noch wohnst«, lautete ihr prosaischer Rüffel.

Sie hatte eindeutig Recht. Es war nur nicht das, was ich gerade jetzt am liebsten hören wollte.

»Ich weiß«, antwortete ich. »Du musst entschuldigen, aber es ist so verdammt schwer, heutzutage verlässliche Bedienstete zu finden. Darum sind wir immer bei dir, wenn wir zusammen sind. Was zum Teufel ist passiert?«

»Das weiß ich wohl – ich fühle mich fast wie ein Spion, wenn ich hier bin. Es kommt mir ganz unanständig vor, deine Sachen überhaupt nur anzufassen.«

»Du bist durch und durch unanständig. Was ist passiert? Antworte doch, Weib?«

»Du wurdest ohnmächtig, sagte ein Polizist namens Kaspersen. Ein sehr netter und sympathischer Kerl.«

»Du hast wohl eine Schwäche für ihn?«

»So oft zeige ich keine Schwächen – ich bin nämlich schon schwach geworden. Und du auch – in physischer Hinsicht. Pass auf deinen linken Arm auf.«

Ich drehte mich im Bett und sah, dass um meinen linken Arm eine Mullbinde gewickelt war. Ich probierte, ihn zu bewegen. Ein Versuch reichte, und ich verzichtete spontan, freiwillig und aus eigenem Antrieb auf weitere Experimente dieser Art.

»Der Polizeiarzt hat dich verbunden«, sagte sie, »Dr. Bang. Auch ein sehr sympathischer Herr.«

»Wie viele neue Bekanntschaften du doch machst.«

»Ja, ist das nicht unglaublich? Dr. Bang sagte, er könne auch nicht verstehen, wie du dieses Chaos hier aushalten kannst.«

»Dr. Bang ist der adrette Typ. Das bin ich nicht. Wie spät ist es?«

»Es ist neun. Und selbst wenn du nicht der adrette Typ bist, wird es dich vielleicht trotzdem freuen, dass ich etwas aufgeräumt habe, während du schliefst. Auf so etwas kommen Frauen manchmal – ganz von allein. Besonders wenn sie den Mann gernhaben.«

Sie lächelte. Mit genau dem Lächeln, bei dem ich ganz zittrig in allen Gelenken wurde.

Natürlich ausgenommen – in dieser Situation – mein linker Arm.

»Wie bin ich nach Hause gekommen?«, fragte ich.

»Möchtest du nicht zuerst eine Tasse Kaffee?«

»Hast du ...«

»Entweder man spielt Krankenschwester oder auch nicht. Ich habe in der Kanzlei angerufen und gesagt, ich käme auf Grund eines Unfalls in der Familie etwas später. War das nicht eine diplomatische Formulierung?«

Sie ging in die Küche und holte die Kaffeekanne. Ich blickte lange ihrem geschmeidigen eleganten Rücken hinterher. Das war eine Aussicht, für die es sich wirklich lohnte, die Augen zu öffnen.

Ich war ein Glückspilz.

Natürlich ganz unverdient.

»Ich hatte Angst um dich gestern«, sagte sie und sah mir in die Augen, während sie mir die Kaffeetasse reichte. »Ich war kurz davor, hysterisch zu werden. Du hattest so viel Blut verloren, dass ich dachte, es wäre viel schlimmer, als es war.«

»Hör mal, Schatz«, antwortete ich, vom Kaffee aufgemuntert. »Vergiss jetzt mal, dass du eine Frau bist, und versuch's mit dem alten maskulinen Trick, eine Geschichte von Anfang an zu erzählen.«

»Das war der Anfang. Es war das Erste, was ich dachte, als ich dich im Schnee liegen sah.«

Ich schüttelte den Kopf. Er saß immer noch fest. Er tat nicht einmal weh.

»Wie bin ich nach Hause gekommen? Wann? Und was ist passiert?«

Gitte lehnte sich nach vorn – unbewusst, instinktiv, so wie sie es zu tun pflegte, wenn sie im Gericht prozessierte.

»Ich wurde um 20.30 Uhr angerufen«, sagte sie, »während ich darauf wartete, dass du nach Hause kommst – oder jedenfalls von dir hören lässt. Ich bin ja schon einiges von dir gewöhnt, aber trotzdem wurde ich langsam sauer.«

»Ich hatte eine legitime Entschuldigung.«

»Das habe ich ja gemerkt.«

Die legitime Entschuldigung brachte einen weiteren Kuss ein.

Wer nur den Tag verküssen und alles andere schnurzegal sein lassen könnte.

Aber wer kann das schon?

»Es war dieser Kaspersen, der angerufen hat«, fuhr Gitte fort. »Er sagte, du seist in den Arm geschossen worden, von einer Leiter gefallen und alles in allem ziemlich ramponiert – obwohl es nicht direkt eine Frage von Leben oder Tod sei. Die Leute von der Polizei trugen dich nach Hause und telefonierten nach ihrem Arzt, Dr. Bang. Er lässt dir sagen, dass du den Arm in den nächsten Tagen lieber nicht gebrauchen sollst. Er ist nicht gebrochen, und es sind auch keine lebenswichtigen Funktionen geschädigt. Es ist nur eine Wunde, die verdammt weh tun wird, wenn du ihn zu viel bewegst.«

»Das habe ich schon gemerkt.«

»Du musst also mit einer Hand tippen.«

»Wie ein Bulle bei einem Verhör. Ja, ja. Haben sie die Dealer geschnappt?«

»Alle beide, sollte ich dir mit besten Grüßen sagen. Und zehn Kilo Heroin.«

»Wie kam Kaspersen darauf, dich anzurufen?«

»Er rief Ehlers an, um Meldung zu machen, und Ehlers gab ihm meine Telefonnummer. Ich bin gleich zu dir hin.«

»Hast du denn gar nicht an deine arme Katze gedacht?«

»Der ging's gut. Auf sie hatte niemand geschossen.«

»Die hat ein verdammtes Glück.«

»Kaspersen sagte, du kannst einfach anrufen, sobald du wieder fit bist. Er wird heute den ganzen Tag auf der Wache sein. Er war sehr froh – ja, fast euphorisch. Es erinnerte mich an den Tag, als ich mich selbst wie ein Weltmeister fühlte, damals als ich meine Bestallungsurkunde bekam. Diese Razzia bedeutete viel für ihn, da hat er kein Hehl draus gemacht.«

»Nicht schlecht – es ist einfach sein Gesellenstück als Bulle gewesen. Also habe ich gestern eine gute Tat vollbracht.«

»Das hast du«, antwortete sie. »Wie ein richtiger Pfadfinder.«

Glücklicherweise hörte Robert Baden-Powell diese Bemerkung nicht. Er hätte sie nicht geschätzt.

Das Telefon klingelte. Sie nahm mit einer professionell effizienten Miene ab wie eine hochdotierte Manpower-Sekretärin, lauschte und sagte:

»Einen Augenblick bitte.«

»Das ist sicher dein Redakteur«, flüsterte sie, als sie mir den Hörer reichte.

Sie hatte ganz Recht. Es war Otzen, aber eine ungewöhnliche Ausgabe von Otzen. Ein überraschender Otzen. Eine neue Version mit einer weichen, freundlichen, einschmeichelnden Stimme – die er ansonsten für Sitzungen und Besprechungen mit der Direktion oder Verwaltung des Bladet reservierte, die aber selten an einfache gemeine Mitarbeiter verschwendet wurde.

»Hallo, mein Junge«, sagte er. »Ich höre, du hast Pech gehabt?«

»Verdammt noch mal«, antwortete ich. »Der Mann, der alles weiß. Wo zum Teufel hast du davon gehört?«

»Von deinem Freund, dem Polizeiinspektor. Er rief an, um mir zu sagen, dass ich die nächsten Tage nett zu dir sein solle. Er sagte auch, du hättest der Polizei einen großen Dienst erwiesen. Ich gehe davon aus, dass da eine Geschichte drin sein muss.«

»Wie du selbst immer bei deinen Mitarbeiter-Treffen sagst: In allem ist eine Geschichte.«

»Dann schreib sie, mein Junge.«

»Da ist noch Zeit genug.«

»Selbstverständlich. Normale Deadline. Ich wollte nur sicher sein, dass du überhaupt reden kannst. Schau bei mir rein, sobald du im Bladet bist. Dann gebe ich eine Zigarre aus.«

»Vielen Dank. Bis dann, auf Wiedersehen.«

»Auf Wiedersehen – und sei etwas vorsichtig. Hier beim Bladet fühlen wir Verantwortung für unsere Mitarbeiter und wollen sie gerne behalten.«

»Ich kenne dich. Du meinst nur, ihr habt den Nekrolog noch nicht fertiggeschrieben.«

»Das könnten wir schnell schaffen. Aber lieber wollen wir dich behalten.«

»Danke für die liebenswerten Worte. Bis dann.«

Ich gab Gitte den Hörer und richtete mich im Bett auf. Ich sah, dass ich nur Unterhosen trug.

»Wer hat mich ausgezogen?«, fragte ich.

»Der Arzt und ich haben es gemeinsam vollbracht«, amüsierte sich Gitte. »Es ist das erste Mal, dass ich einen völlig weggetretenen Mann entkleidet habe. Es war an und für sich ganz lustig.«

»So, war es das ... Ich versichere dir, eines Tages werde ich mich revanchieren.«

Zur Sicherheit tat ich es sofort – doch mit einiger Mühe, wo mir doch nur ein Arm zur Verfügung stand. Dabei kamen mir ganze zwei andere Arme zu Hilfe, da sie nicht weggetreten war, sodass das Projekt glückte.

Hinterher lagen wir eine halbe Stunde, die Arme – drei auf jeden Fall – umeinander geschlungen, und sahen zur Decke hinauf und einander in die Augen, ohne etwas zu sagen.

Dann ging sie ins Büro – nachdem sie spezifizierte Instruktionen hinterlassen hatte, dass ich 1. alles mit der Ruhe nehmen, 2. im Bett bleiben und 3. erst abends aufstehen solle, um zum Essen zu ihr nach Hause zu kommen.

Als sie meine Tür hinter sich geschlossen hatte, stand ich auf, rasierte mich und zog mich – langsam und schwerfällig – an. Selbst ein Typ mit zwei linken Händen hat Schwierigkeiten, sich nur mit einer durchzuschlagen.

Während ich mich abmühte, einhändig einen Schlipsknoten zu binden, klingelte wieder das Telefon. Es war mein alter Freund mit dem heiseren Lachen.

Aber dieses Mal war ich vorbereitet. Das Telefon-Tonband stand auf seinem Platz, und mein Finger war schnell auf dem Knopf, auch wenn die Bewegung im Arm schmerzte. Es gelang mir drei bis vier der charakteristischen geistesschwachen Ausstöße festzuhalten, bevor der Hörer – wie gewöhnlich – auf die Gabel geknallt wurde.

So beendete ich mein Ankleiden – einen Zacken schlampiger als gewöhnlich – und ging hinunter zum Stjernecafé. Irgendwo musste ja der aktive Tag beginnen.

Und ich war es gewöhnt, ihn dort zu beginnen – wo Gitte jetzt schon Ronnies Rolle übernommen hatte. Kein schlechter Tausch, übrigens.

30

»Was zum Teufel hast du denn gemacht?«, fragte Bob, als er – mit seinem üblichen professionellen Scharfblick – meinen Arm erspähte.

»Ein Miss-Geschick«, antwortete ich. »Das kann jedem passieren. Darum sagt man auch Geschick ... Alles darüber kannst du morgen im Bladet lesen. Glaubst du etwa, ich verschenke einfach Neuigkeiten?«

»Du musst schon verkaufen, was du kannst«, sagte Bob philosophisch. »Wie wir anderen auch.«

Anne und der Hübsche saßen wieder zusammen an einem der Tische. Anne winkte mir zu. Ich hatte ein Glas in der rechten Hand, sodass ich mit der linken winkte.

Ein ausgesprochener Missgriff. Nun musste ich es wirklich bald lernen.

Ich ging zu ihnen hin.

Der Hübsche sah aus, als wäre er die ganze Nacht unterwegs gewesen. Er war rot im Kamm und atmete nur noch Alkohol aus. Er brauchte ein Bad und ein Bett.

Anne hatte sich ein leuchtend rotes Kleid ausgesucht. Sie sah aus, als hätte sie glänzend geschlafen und fühlte sich *on top of the world* – genau da, wo sie hingehörte.

»Ich habe ein paar Wochen freibekommen«, sagte sie. »Vorläufig. Herrlich, nicht?«

»Herrlich«, antwortete ich. »Mit Bezahlung?«

»Das wird sich zeigen ... Ich bezweifle eigentlich, dass der Laden jemals wieder aufmachen wird. Heute früh weckte mich die Polizei – ein ungewöhnlich liebenswürdiger Service. Sie sagten, sie hätten meinen Chef kassiert – meinen ehemaligen Chef. Ihn erwartet ein längerer Gefängnisurlaub. Unbezahlt.«

»Was du nicht sagst.«

»Hör auf. Du hattest praktisch Recht – obwohl ich das nie geglaubt hätte. Diese Kassetten mit dem Dreieck drauf – die er selbst immer zuerst sehen wollte – waren voller Stoff. Heroin, sagt die Polizei. Und die waren dann über eine Video-Firma gelaufen, die sie leerte und mit einem Film drin zurückschickte.«

»Und dann noch eine Firma gerade bei dir gegenüber. Aber ich weiß wirklich nicht, was schlimmer ist«, antwortete ich. »Heroin – oder das mindestens ebenso betäubende und suchtfördernde Geflimmer, das ihr verkauft.«

»Verkauftet«, sagte Anne.

»Verkauftet«, wiederholte ich aufmerksam.

»Über was redet ihr beiden bloß?«, fragte der Hübsche.

»Das Wetter«, antwortete ich. »Wie alle anderen auch. Wie geht's dir?«

»Sehr gut. Prächtig! Ich habe ein neues Lied angefangen. Ich kann dir sagen, das wird ganz toll. Das wird ein Hit, du!«

»Das glaube ich gern.«

»Es handelt von der Liebe.«

»Prima Thema – sicherlich schon ganz vereinzelt in einem Lied vorgekommen.«

»Nicht in dieser Weise. Möchtest du es hören?«

»Vielleicht etwas später. Ich muss erst mal aufwachen, damit ich mich richtig aufs Zuhören konzentrieren kann.«

Der Hübsche sank in seine Meditationen zurück. Vielleicht war er dabei, den zweiten Satz aufzupolieren. Vielleicht hatte der das nötig. Schaden konnte es keinesfalls.

»Ich fühle mich wie ein kompletter Idiot«, sagte Anne.

»Ich könnte mir selbst in den Hintern beißen, wie blind ich gewesen bin. Jahrelang haben sie direkt vor meinen Augen geschmuggelt – und ich habe nie etwas gemerkt, ich habe wie ein braves Mädchen dagestanden und Filme über den Tresen geschoben. Mannomann, wie muss ich doof sein!«

»Ganz ruhig. Du bist nur von Natur aus nicht misstrauisch. Das ist doch schon etwas, dass du nicht als mitschuldig verhaftet wurdest.«

»Das ist jemand anders aus der Firma passiert.«

»Seine Sache.«

»Es ist eine Frau.«

»Na, dann ihre Sache. Deren Sache. Deine Sache. Wie kritisch du bist.«

»Und das sagst du?«

»Nein«, sagte der Hübsche, verloren in seinen eigenen Kreisen, als dächte er laut.

»Kritik ist gar nichts. Musik ist das Einzige, für das es sich zu leben lohnt.«

»Wie Recht du hast«, antwortete ich.

Tatsächlich meinte ich das auch – dieses Mal.

»Zum Beispiel«, setzte der Hübsche seinen monomanen Monolog fort, »kennst du den zweiten Satz von *Over The Rainbow*?«

»Da kannst du Gift drauf nehmen«, antwortete ich. »Den habe ich einige hundert Mal gespielt. Der geht so ...«

Ich begann zu summen.

»Das ist nicht richtig«, sagte der Hübsche.

Normalerweise bin ich ein ziemlich verständnisvoller, toleranter Mensch. Wenn jemand z. B. mir schamlos und offen ins Gesicht sagt, ich sei ein Idiot, bin ich der Typ, der einsehen kann, dass etwas – vielleicht gar nicht so wenig – für diese Ansicht spricht. Wenn jemand behauptet – was ziemlich viele, besonders vom anderen Geschlecht im Laufe der Zeit getan haben –, ich vergeude meine Zeit und so (mit unerbittlicher Konsequenz) mein Leben, bin ich bereit, auf jeden Fall die Berechtigung einer solchen Meinung als Ausgangspunkt für eine intensivere Debatte einzuräumen.

Aber zu behaupten, ich könnte den zweiten Satz von *Over The Rainbow* nicht korrekt summen – das geht zu weit. Man hat doch seinen Stolz. Man hat doch zumindest die Reste davon.

»Genauso hört er sich an«, sagte ich. »Möglicherweise hättest du ihn lieber anders. Es ist denkbar, dass du ihn anders geschrieben hättest. Aber es war nun einmal Harold Arlen, der ihn geschrieben hat – einige Jahre vor deiner Zeit –, und er hat es so gemacht.«

»Beweis es doch«, sagte der Hübsche herausfordernd. »Du redest doch nur!«

Er war blau. Er war in einem Stadium von Trunkenheit, wo man – gewisse Typen jedenfalls, und er darunter – Stunden damit verbringen kann, derlei untergeordnete Probleme zu diskutieren.

Ich ließ mich provozieren. Nach und nach hatte ich es satt, ständig zu hören, dass ich nur redete.

»Einen Augenblick«, sagte ich.

Ich zwinkerte Anne zu, verließ den Raum und ging zu mir nach oben. Ich nahm mein kleines Tonbandgerät und mein langgedientes Band mit der alten Fassung vom Regenbogen und ging wieder runter ins Stjernecafé.

Gott weiß, weshalb ich mir all die Mühe machte. Überhaupt gibt es ziemlich viel, was Er wissen muss.

Andererseits ist Sein Wissen wohl größtenteils genauso trivial und langweilig, wie Wissen allgemein ist.

Wissen hat noch nie jemandem genützt.

Höchstens ökonomisch.

Und es ist nicht schwer, es anzuzweifeln.

Im Großen und Ganzen ist es überhaupt nicht schwer, etwas anzuzweifeln.

Ich setzte mich wieder hin, nahm das alte Band und spielte den Regenbogen für den Hübschen. Er war trotz seines Rausches Gentleman genug, mir Recht zu geben: Er selbst hatte die Kadenz falsch in Erinnerung.

Da er so ein Gentleman war, war ich es auch und spendierte eine Runde.

»Was seid ihr Männer doch für Kinder!«, sagte Anne.

»Der kindliche Instinkt«, sagte der Hübsche voller Überzeugung, »ist mit das Schönste am Menschen.«

Dann ging er auf die Toilette – mit einem Ausdruck, als wäre er plötzlich von panischem Schrecken ergriffen ob seiner eigenen unfassbaren Lebensweisheit.

Ich spulte zurück und wechselte das Band. Aus einem reinen Reflex heraus, ohne darüber nachzudenken, ohne mir in dieser Sekunde meiner Umgebung bewusst zu sein, spielte ich noch einmal das Verrückten-Gelächter.

Anne wurde blass. Sie richtete sich auf.

»Was ist das?«, fragte sie. »Wo hast du das her?«

»Das ist ein Mann, der mich ab und zu anruft und durch den Hörer anlacht. Ich dachte, ich müsste ihn für die Nachwelt bewahren, darum habe ich ihn aufgenommen. Ich sammle Material für sein erstes Live-Doppelalbum.«

»Lass mich das noch einmal hören.«

»Merkwürdigen Geschmack hast du.«

»Halt die Klappe.«

Sie sah aus, als hätte ihr jemand – oder etwas – einen Schlag versetzt.

Als sie das Band zum zweiten Mal gehört hatte, nickte sie.

»Die Stimme kam mir gleich bekannt vor«, sagte sie. »Er

wohnt in meinem Haus. Ein Stockwerk über mir. Ich habe dieses Gelächter schon tausend Mal gehört. Er hat mir immer Angst gemacht. Ich meine: Er lacht auf diese Weise, ganz allein – spät in der Nacht.«

»Woher weißt du das?«

»Weißt du nicht, wie elendiglich schlecht hier im Viertel isoliert ist.«

»Und ob.«

Eins zu null für sie. Wieder einmal.

»Es ist nicht gerade schwer wiederzuerkennen, das Lachen«, sagte Anne. »Es ist recht – charakteristisch. Er ist Asthmatiker.«

»Wer ist er?«

»Ein merkwürdiger Sonderling mittleren Alters. Er heißt Jürgens. Steen Jürgens. Ich weiß nicht, was er macht – wenn er überhaupt etwas macht. Ich habe immer gedacht, dass er beknackt ist.«

»Das ist er sicher auch. Das muss man schon sein, wenn man Leute anruft, nur um zu lachen.«

»Tja«, sagte Anne. »Wenn ich dich anonym anrufe, dann eher, um dir was vorzuheulen. Und das würdest du wohl nicht auf Band aufnehmen?«

Eindringlich sah sie mir in die Augen.

Glücklicherweise kam der Hübsche gerade in diesem Augenblick zurück. Über den Hübschen lässt sich viel sagen, aber als – sozusagen – Musiker hat er doch einen gewissen Sinn fürs *Timing* zurückbehalten.

»Hör mal zu«, sagte Anne zum Hübschen.

Ich spielte das Band noch einmal.

»Das ist ja Steen. Kennst du denn Jürgens auch?«, fragte der Hübsche.

»Das ist ein merkwürdiger Knabe. Merkwürdige Idee, ihn auf Band zu haben. So lacht er öfter in der Nacht.«

»So«, sagte ich. »So, so.«

Plötzlich merkte ich, dass ich müde war. Unerhört und kaum zu glauben – nach all der Zeit, die ich im Koma gelegen hatte. Objektiv gesehen, müsste ich munter sein wie eine Schar Seeadler und gleichzeitig auf Draht und auf Zack und auf Pastillen aus Salmiak.

»Es gibt so viele merkwürdige Menschen«, sagte ich vor mich hin, aber eigentlich doch an dieselbe Adresse gewandt.

Sie gaben mir beide durchaus Recht, und der Hübsche begann – ohne mehrfache Aufforderung, ohne eine einzige sogar – von vorne mit seinem neuen Lied.

Ich gab noch eine Runde aus, um nicht als allzu sonderbar aufzufallen. Dann steckte ich meine Sachen in die Tasche, verabschiedete mich artig und behauptete höflich, wir würden uns wiedersehen.

Das wagte ich ruhig zu behaupten. Das würden wir.

Wieder und wieder – ein Ritus so sicher wie ein Ragtime.

Falls ich nicht »aufs Land« zog.

Äußerlich ruhig ging ich wieder hinaus und leistete meinen Beitrag im Niederstampfen des Schnees – dem Bruchteil, der auf der Etappe vom Stjernecafé zur Polizeiwache am Halmtorvet lag.

31

»Hm«, sagte Ehlers.

Er spulte das Band noch einmal zurück. Wir hörten ein weiteres Mal zu – ich für meinen Teil ohne größeren Enthusiasmus –, und er wiederholte noch einmal sein »Hm«. Es war offenbar ein Kommentar, dem er viel Gewicht beimaß. Ein Mantra, sozusagen.

»Und die beiden sind sich sicher, dass es dieser Mann ist?«, fragte er eindringlich.

»Zum Teufel, was verlangst du?«, antwortete ich, etwas müde. »Brauchst du eine Urkunde mit beglaubigter Unterschrift? Ich kann verdammt noch mal für nichts garantieren. Das können sie natürlich auch nicht. Aber wenn man mal betrachtet, dass 1. auf Anne geschossen wurde und 2. die Hehlerzentrale in dem Geschäft war, in dem sie angestellt ist – wäre es denn so eine Mordsüberraschung, wenn es sich herausstellte, dass 3. der Verrückte im selben Haus wohnt?«

»Nein«, sagte Ehlers. »Nicht wenn du die Bilanz so aufstellst.«

»Wie sollte man es sonst machen?«

»Gute Frage. Nichts für ungut, wir haben nichts zu verlieren. Wir schauen mal bei Herrn Jürgens vorbei und sagen hallo. Es ist nur, dass er nun auch noch in der Abel Cathrines Gade wohnt, das ist fast ein bisschen viel.«

»Die Grundstückspreise fallen in dieser Straße.«

»Ja – von niedrig zu immer niedriger. Los, lass uns gehen. Nimm das Tonbandgerät mit. Vielleicht brauchen wir es.«

Er rief Kaspersen an und instruierte ihn. Dann wandte er sich wieder mir zu.

»Richtig«, sagte er. »Ich habe ganz vergessen, dir für deinen Einsatz gestern zu danken.«

»Bitte, keine Reden. Und wo ich gerade daran denke: bitte auch keine Blumen. Dafür wird eine Spende erbeten an die Gesellschaft für Krebsbekämpfung e. V. Aber danke, dass du Kaspersen bei Gitte hast anrufen lassen – und dass du beim Bladet Bescheid gesagt hast.«

»Routine«, sagte Ehlers. »Vielleicht noch ein Quäntchen zusätzlich. Steuerfrei.«

»Wie geht es deiner Frau?«

»Nichts Neues. Keine abschließende Diagnose. Sie untersuchen nur immer weiter.«

»Wie bei der Polizei.«

Das hatte ich gar nicht sagen wollen. Das war mir nur so aus dem Mund gerutscht.

Taktlos nennt man so etwas wohl.

Aber Ehlers war nicht beleidigt. Er nickte nur.

»Ja«, sagte er mit einer Grimasse. »Der Arzt sagte dasselbe. Es sei nicht leicht, die kleinen Verbrecher in gewissen Zellen meiner Frau zu finden. Er war ausgesprochen pädagogisch gegenüber dem törichten unterbegabten Bullen, für den er mich hielt, wie ich merkte. Ich fühlte mich wie ein Schuljunge.«

»Und neun von zehn Menschen, die du in deinem Job verhört hast, haben sich garantiert genauso gefühlt.«

»Das ist verdammt richtig. Warum ist das bloß so?«

»Ach, wir schleppen bloß abwechselnd den Mantel der Autorität mit uns herum, weißt du. Das ist es, was eine Gesellschaft ausmacht. Bullen-Uniformen, Richter-Talare, Ärzte-Kittel. Wir tauschen einfach, so wie kleine Jungs ihre Zinnsoldaten und Plastik-Cowboys tauschen –, wir machten das jedenfalls in meiner Jugend. Wahrscheinlich tauschen sie heutzutage tragbare Mikro-Chips – was zum Teufel auch immer das sein mag.«

Endlich lächelte er. Es war ein ganz kleines und ungemein beherrschtes Lächeln, beinahe nur ein flüchtiges Kräuseln der Lippen, aber wenig hat auch Recht.

»Nimmst du jemals etwas ernst?«, fragte er leicht.

»Sehr wenig. Sehr ungern. Und dann muss es sich auch finanziell wirklich lohnen, wenn ich eine Ausnahme mache.«

»Was du nicht sagst. Ich kenne dich. Du bist einer der sehr wenigen Menschen, die ich getroffen habe, denen Geld vollständig gleichgültig ist.«

»Ich bin zu phantasielos, um etwas damit anzustellen.

Ich kann nur auf einer Matratze zurzeit schlafen, und es ist mir egal, wie die aussieht. Und ich esse nie mehr als eine Mahlzeit pro Tag, und ehrlich gesagt, bin ich eigentlich nicht besonders scharf auf Kaviar. Auch nicht auf den russischen. Ich kann auch keine Austern leiden. Und ich hasse Champagner – also wäre das Geld bei mir an der völlig falschen Adresse.«

»Manchmal bist du gar nicht so dumm, wenn du redest«, sagte Ehlers und griff nach seinem Mantel.

»Keine weiteren Komplimente«, bat ich. »Gitte war heute schon sehr liebevoll, und Otzen war sagenhaft höflich. Wenn du jetzt auch noch anfängst, denke ich, dass ich die Wahl zum Mr. Universe gewonnen habe.«

Vier Mann hoch gingen wir auf die Straße. Ehlers hatte entweder die Gesellschaft, die er bei so einer Gelegenheit favorisierte, zugeteilt bekommen oder selbst requiriert: Kaspersen und Kellermann. Sie waren beide in ausgezeichneter Stimmung nach dem letzten Abend. Die einen die Glücksritter, die anderen hinter Gitter.

»Schon auf?«, grinste Kellermann und klopfte mir auf die Schulter, sodass ich beinahe zu Boden ging. »Das sah gestern gar nicht gut aus.«

»Nur eine Schramme, wie man so sagt.«

»Genug um umzukippen. Du warst weit weg. Du bist übrigens nicht sonderlich schwer für deine Größe.«

»Hast du mich nach Haus geschleppt?«

»Mit Handkraft, ja. Biodynamische Naturenergie. Jemand musste es ja machen.«

»Er hat dich einfach über die Schulter geworfen«, sagte Kaspersen. »Wie ein Baby. Und dich dann in deinen vierten Stock hochgeschleppt.«

»Ich dachte, dass er für gewöhnlich die Leute lieber hinter sich herzieht.«

»Es gibt Unterschiede bei den Klienten«, grinste Kellermann vergnügt. »Wir haben Executive- und Economy-Klasse auf diesem Flug.«

Ich merkte plötzlich, dass ich Kellermann noch nie schlecht gelaunt angetroffen hatte. Bei Gelegenheit, unter etwas entspannteren Bedingungen, musste ich daran denken, ihn zu fragen, was er denn aß oder trank oder intravenös einnahm, um sich immer bei guter Laune zu halten.

Wir gingen zwei und zwei die Straße entlang, wie früher die Schüler. Vorweg marschierten Ehlers und Kellermann, dahinter Kaspersen und ich.

Es schneite jetzt stärker, und der Schnee hatte sich in terroristischer Absicht mit einem widernatürlich vehementen Wind verbündet, der ihn, ohne lange zu fackeln, hin und her durch die Straßen fegte, wie ein Sandsturm den Wüstensand in der Sahara aufwirbelt. Man hatte das Gefühl, als käme man mit einem Schritt von einem Meter Länge etwa einen Quadratzentimeter vorwärts.

»Was ist mit der Kugel«, fragte ich Kaspersen, »die ich abbekommen habe?«

»Ach, es ist wieder einmal unser liebes altes Modell mit den uns wohlbekannten Minikerben. Jetzt haben wir vier davon.«

»Wenn es ein Western-Roman wäre, dann hätte er jetzt nur noch zwei Schuss übrig.«

»Und wir sind vier, sodass wir unter allen Umständen gewinnen würden – wenn er denn wirklich der Täter ist.«

»Ich sage wie Ehlers: ›Hm‹.«

»Das ist nicht zu viel gesagt. Da kann ich mich voll und ganz anschließen.«

Wir marschierten durch unser lokales Sibirien mit wahrem slawischem Heroismus. Es war jetzt vier Tage her, seit ich das letzte Mal zum selben Eingang unterwegs gewesen war, zusammen mit Anne.

In vier Tagen kann eine ganze Menge passieren.

Falls in Wirklichkeit überhaupt etwas passiert. Es kommt immer darauf an. Darauf – wie meine selige Mutter gesagt hätte – »wie man es sieht«. Für Billy von Billy's Bodega ist eine Menge passiert. Für Bob im Stjernecafé nicht die Bohne – außer dass einem seiner Stammkunden ein kleines Malheur mit deinem Arm widerfuhr.

Wir kamen an einem Kiosk vorbei mit einem Papierkorb, den ich noch nie zuvor bemerkt hatte. Er trug ein Schild, auf dem stand: »Für gebrauchte Spritzen, danke«.

So fühlte man sich gleich zu Hause.

Auf jeden Fall schickten wir drei – Kaspersen, Kellermann und ich – unwillkürlich unsere Blicke zum Café Dreieck, als wir dort entlangstapften. In Zukunft hatten wir eine gute Geschichte über dieses Gebäude zu erzählen – wenn wir zufällig mit Leuten vorbeikämen, die es interessierte.

Ich warf dem Container einen Handkuss zu. Wir zwei hatten doch trotz allem etwas gemeinsam, was nur die wenigsten haben.

Das Treppenhaus, das wir betraten, ähnelte Blackies. Es ähnelte auch meinem. Es ähnelte allen Treppenhäusern im Distrikt. Es war voller Zigarettenstummel und Glasscherben, aber ohne leere Flaschen. Die waren entfernt. Für die bekommt man Geld. Kleine Kinder und buckelige Rentner schlagen sich darum wie Spatzen und Tauben um die Brotkrumen in den Parkanlagen.

Weder Anne noch der Hübsche waren nach Haus gekommen, falls sie sich nicht die Zeit damit vertrieben, Stille Post zu spielen, was keinem von beiden ähnlich sah. Sie saßen sicher noch im Stjernecafé. Er sang gerade ein neues Lied über ihre wunderbaren Augen – vermutete ich –, und sie spekulierte darüber, ob sie nicht doch ein paar Tage länger geruhsam im Krankenhaus hätte bleiben sollen, bei genauerer Betrachtung.

Im zweiten Stock, gerade über Annes Wohnung, stand ganz richtig »S. Jürgens« an der Tür. Es war deutlich, dass es dort schon seit vielen Jahren stand. Selbst die Schrauben im Messingschild schienen zu sagen, es müsse nun bald genug damit sein.

Ehlers klingelte. Ich konnte es nicht lassen, innerlich zu grinsen. Für einen Comic-Zeichner mussten wir ein wahrer Fund sein. Vier erwachsene Männer dicht zusammengepfercht auf einem schmalen Treppenabsatz vor einer Tür.

»Wer ist da?«, fragte eine Stimme hinter der Tür. In einem gereizten Tonfall.

Ich sprang fast hoch, so überrascht war ich. Die Stimme traf mich wie ein physischer Schock, wie ein Schlag in die Magengrube. Das war die Stimme, die so viele Male angerufen hatte. Ich konnte mich darin genauso wenig irren wie beim 2. Satz von *Over The Rainbow.* Die Kadenz war leicht wiederzuerkennen.

Die Stimme war einerseits aggressiv und – ja, fast kriechend. Heiser und schleimig gleichzeitig. Sie klang wie die Stimme der Paranoia selbst. Die Stimme der Großstadt.

»Hier ist die Polizei«, sagte Ehlers mit seiner festen offiziellen autoritativen Stimme, die klang, als repräsentiere er – wie ein Priester oder vielleicht eher noch ein Papst – alle irdische und menschliche Vernunft – was er oft, solange ich ihn kannte, rein praktisch auch getan hatte.

Es folgte eine Minute Stille. Dann sagte die Stimme hinter der Tür – unterbrochen von einem kurzen pfeifenden Hustenanfall:

»Was wollen Sie?«

»Wir möchten gern mit Ihnen reden.«

»Über was?«

»Es dreht sich um eine Untersuchung. Wären Sie so freundlich aufzumachen?«

Dieses Mal gab es keine Antwort. Man hörte nur ein paar schlurfende Schritte. Sie entfernten sich.

»Die Küchentreppe!«, fluchte Kellermann. »Wir haben vergessen ...«

Das hatten wir – sie –, aber es machte keinen großen Unterschied. Der nächste Laut, den wir hörten, war ein Schuss.

Einen einzigen – und dann etwas, etwas recht Schweres, das fiel.

Kellermann trat die Tür ein.

32

Der Mann lag halb über einem Stuhl vor seinem Schreibtisch. Seine Pistole befand sich auf dem Boden unter seinem Gesicht.

Den Resten davon. Er hatte sich in den Kopf geschossen. Um das festzustellen, brauchten wir keinen Arzt. Das konnte ich auch. Gratis – und in zwei Sekunden.

Aber das Gesetz und dessen kleine Schwester, die Bürokratie, verlangten nun einmal, dass einer anwesend war.

»Ruf Bang an«, knurrte Ehlers.

Kaspersen nahm das Telefon.

Inzwischen sahen wir anderen uns um.

Es war ein schönes Zuhause, geschmackvoll ausgestattet mit staubfreien Bücherregalen, gerahmten Gemälden und wohlgewässerten Topfpflanzen. Der Verstorbene musste – im Gegensatz zu Blackie – eine ordentliche und reinliche Person gewesen sein.

Während Ehlers die Pistole des Mannes nahm und sie untersuchte, sah ich mich auf seinem Schreibtisch um. Wir Schreibtischtäter richten immer unser Augenmerk darauf. Es sind keine Kleinigkeiten, die dieser über seinen Eigentümer verrät.

Seiner war sauber und akkurat, und die Tischplatte war so blank geputzt, dass meine eigene ganz erschüttert gewesen wäre.

Es lag nur ein Brief darauf. Ich warf einen schnellen Blick auf die oberste Seite und rief dann Ehlers. Zusammen buchstabierten wir uns durch. Die Handschrift war zittrig und schwer zu deuten, aber mit gegenseitiger Hilfe kamen wir durch.

Da stand:

Es war mir schon lange klar, dass die Verdorbenheit in diesem Viertel herrscht. Hier, wo ich so ohne eigenes Verschulden im Laufe weniger Wochen sterben werde.

Ich will nicht allein sterben, das gelobe ich. Ich werde andere mitnehmen.

Die, die Schuld an meinem Schicksal tragen. Die, die mich vernichtet haben.

Die Ärzte sollen es ruhig »Lungenkrebs« nennen – das ist nur ein Wort. Sie wissen nicht, wovon sie reden. Es ist nur ein leerer Name für etwas, worüber sie nichts wissen. Es ist keine Krankheit, an der ich sterbe, es ist das Kranke selbst: der Fluch von oben.

Der Fluch, der wie ein großer schwarzer brütender Vogel auf diesen Straßen lastet.

Hier, wo ich diese Worte schreibe, hier, wo ich geboren bin und wo ich bald sterben werde – allein, von allen verlassen –, floss einmal, auch wenn keiner der Bewohner heutzutage noch daran denkt, ein Bach, der Rosen-Au hieß. Ein hübscher Name. Aber in ihrer Alltagssprache nannten die Leute ihn damals »Cholera-Au«, weil der Abfall der gesamten Stadt, die stinkendsten Ausscheidungen der Menschheit an Pest und Bazillen, Schlamm und Schleim, durch diesen Bach geleitet wurden.

Die Cholera-Au ist jetzt aufgefüllt. Asphalt liegt darüber. Nur die Kloaken sind noch da.

Und doch?

Ist es nicht vorstellbar, dass es da unten noch Reste gibt unter dem Asphalt, Reste von Cholera und Pest? Dass das gesamte Viertel ein eiterndes naturgegebenes Geschwür ist – immer noch?

Als ich zuerst diesen Einfall hatte, verwarf ich ihn wie den Gedanken eines Verrückten, einen Fieberwahn. Aber er kam mir immer wieder, und jetzt weiß ich, dass ich Recht habe. Wo früher die Cholera und die Pest umgingen, breiten sich heute die neuen verheerenden Seuchen aus, die unsere menschliche Rasse auslöschen werden, so wie sie mich bald ausgelöscht haben.

Blicke ich auf die Menschen, wie sie sich draußen vor meinen Fenstern bewegen, sehe ich nur die tödlichen Krankheiten sich ausbreiten: Gewalt, Kriminalität, Alkoholismus, Drogensucht, Prostitution.

Die Cholera-Au gibt es immer noch. Ich wohne mittendrin.

»Weißt du was«, sagte Ehlers. »Das ist gar nicht ganz gelogen, das da.«

»Und weißt du was«, sagte ich. »Ich finde eigentlich, dass er sehr gut schreibt.«

»Er ist jedenfalls klar und deutlich in seinen Ansichten«, räumte der Polizeiinspektor ein.

Wir lasen weiter.

Warum hat dieser Krebs meinen Körper befallen?

Warum habe ich jahrelang wie ein Invalide leben müssen, ohne eine einzige Freude im Leben – nur um ein definitives Todesurteil zu empfangen?

Weil die Verdorbenheit mich angegriffen und infiziert hat. Dieser Krebs, der mich tötet, ist eine unvermeidbare Ansteckung, die von allem ausgeht, das um mich herum ist. Direkt oder indirekt ist es die Prostitution, der Alkoholismus, die Gewalt, die Geisteskrankheit, die Drogensucht in diesem Viertel, die mir den Krebs gegeben haben.

Sie haben mich vernichtet. Dieses Viertel hat mich getötet. Die Cholera-Au schont keinen.

Ich werde deshalb auch niemanden schonen. Wenn ich schon gehen muss, werde ich nicht allein gehen.

Am liebsten würde ich das ganze Viertel bombardieren. Es vom

Stadtplan ausradieren. Es auslöschen. Es eliminieren von einem Ende zum anderen, Stein für Stein, apokalyptisch – sodass alle Gebäude in die Cholera-Au sinken und sie endgültig begraben.

Das kann ich nicht. Meine Macht ist nicht groß genug.

Ich kann nur »ein Exempel statuieren«, wie es heißt.

Und das will ich tun.

Ja, das will ich!

»Will« war dreimal unterstrichen.

»Das liest sich wie ein Schauerroman«, sagte Ehlers.

»Frankenstein«, schlug ich vor. »Dracula. Dr. Jekyll & Mr. Hyde.«

Kaspersen und Kellermann standen hinter uns und hörten zu. Der verstorbene Jürgens verstand es wirklich, sein erlesenes Publikum zu fesseln. Schade, dass er es nicht erlebte. Es hätte ihn sicher gefreut.

Ich habe einige Exempel gefunden – mehr oder weniger zufällige. Auf jeden Fall sind sie typisch für die Pest.

Unter mir lebt ein leichtlebiges Mädchen. Oft bringt sie fremde Männer mit nach Haus. Oft veranstaltet sie inhaltslose »Feste« und macht Lärm bis spät in die Nacht. Menschen wie sie sind es, die das Viertel zu dem machen, was es ist.

Ich habe einen arbeitslosen Drogenabhängigen und früheren Drogenkurier getroffen, der zu viel redete – und nur über sich selbst, als bedeute er etwas. Es gibt zu viele unnütze Existenzen dieser Art. Das Ableben einiger zu bewirken bedeutet, ihnen selbst und der Gesellschaft einen Dienst zu erweisen.

Ich habe mir einen älteren Herrn ausersehen, der sein Leben völlig verantwortungslos lebt, ohne irgendwann irgendetwas für irgendjemanden zu tun. Ein Libertin, der mit Gleichmut und Zynismus den ganzen Tag lang sich dem Trunk, Spiel und Vergnügen hingibt – als ob es nichts anderes gäbe im Leben.

Und der sich amüsiert über das Ganze – während ich ...

Ich habe mir einen »Journalisten« ausgesucht, der wie ein gieriger Geier davon lebt, in Aas und Verwesung zu hacken – was meinen größten Abscheu hervorruft.

Ich werde mit diesen vieren anfangen, aber ich habe weitere Ideen.

Viel mehr, als ich umsetzen kann.

»Glück gehabt«, sagte Ehlers trocken. »Wenn man daran denkt, was das für Ideen waren. Ist übrigens eine ganz treffende und witzige Beschreibung von dir.«

»Hm«, antwortete ich. »Wie du schon sagst: Hm. Sei froh, dass du nicht dabei bist.«

»Das bin ich.«

Wie viel mir davon glücken wird, weiß ich nicht. Ich bin nicht stark, und es ist viele Jahre her, dass ich es gewesen bin. Die Krankheit rafft meinen Körper dahin, nur mein Geist ist klar. Nur noch Tage bleiben mir, bis ich selbst in die Erde muss und Gefahr laufe, meine eigene Cholera zu verbreiten.

Darum schreibe ich diesen Brief. Wie viel oder wie wenig ich auch immer vor meinem Fortgang ausgerichtet habe, und wie auch immer es ausgeführt wurde, ich möchte denjenigen, der dieses Manuskript findet – einer muss es ja finden –, darum bitten, mich verbrennen zu lassen.

Ich möchte nicht daran beteiligt sein, die Pest zu verbreiten. Ich möchte nicht an der Zirkulation der Cholera teilhaben, die mich selbst zerstört hat.

Ich will weg. Weg von der Pest.

Lasst mich zu Asche werden. Reine, weiße Asche.

So wie ich hoffe, dass dieses verkommene Viertel zu Asche werden wird.

»Amen«, sagte ich. »*Requiescat in pace.*«

»Ja«, sagte Kellermann. »Und vendilaus amoris – paxe, tritse, caputisse.«

Kellermann war kein Lateiner. Man kann nicht alles von einem Mann verlangen.

»So war es also ein Verrückter«, sagte Ehlers.

»Wenn du ihn so nennen willst.

»Sagst du das?«

»Wie du selbst sagtest: Er ist immerhin klar und deutlich.«

»Das kann man auch leicht sein – als Verrückter. Für uns andere ist es schwer.«

Dr. Bang war mit seinen Assistenten gekommen, und Jürgens wurde mit derselben Professionalität hinausgetragen wie zuvor Blackie oder der Schlips. Das Einzige, was ich richtig von ihm erkennen konnte, war eine Adlernase.

Der Mann, der auf mich geschossen hatte – auf mich als dem herausragenden Vertreter der Verdorbenheit in diesem Viertel –, hatte eine Adlernase.

Na, und was solls? Genauso gut hätte er einen Kartoffelriecher haben können.

»Tja«, sagte Ehlers. »Die Welt ist merkwürdig. In Wirklichkeit ist das ein typischer Fall, du: ganz unsinnig. Weil dieser Verrückte hier Amok läuft und ein Video-Mädchen verletzt und hinterher einen Kunden namens Blackie erschießt, bekommst du fixe Ideen von Dreiecken. Weil deine fixen Ideen sich ausnahmsweise als richtig erweisen, können wir einen Drogenring ausheben. Nichts hat miteinander zu tun – und doch hängt das Ganze zusammen.«

»*As flies to wanton boys are we to the Gods*«, antwortete ich. »*They kill us for their sport.*«

»Wovon redest du?«

»Das ist nur ein Zitat von Shakespeare.«

»Zum Teufel, du wirst immer intellektueller. Latein ... Shakespeare ...«

»So sind wir Geier nun einmal, wenn wir im Aas hacken.«

»Du fühlst dich getroffen.«

»Du sagst es.«

Wir gingen hinaus und überließen die schöne Wohnung ihrer eigenen Schönheit. Ganz ohne störende menschliche Bakterien.

Als wir draußen auf der Straße standen, fühlte ich mich schwerer als gewöhnlich. Es war, als ob ich irgendetwas mit mir herumschleppte, von dem ich nicht wusste, was es war, und das ich auch nicht sehen konnte.

Wir verabschiedeten uns.

Bang und seine Assistenten fuhren zum Leichenschauhaus.

Ehlers und seine Assistenten gingen zurück zum Halmtorvet.

Ich ging – ohne einen einzigen Assistenten – zum Stjernecafé.

33

Bob hatte wieder von neuem angefangen mit seinem Ragtime. Als stünde das Leben still. Als wäre das Leben ein festgefrorener Stummfilm. Ein Klavier, das immer dieselben Akkorde spielt.

Ich berichtete Anne – die immer noch mit dem Hübschen saß, der jetzt allerdings ziemlich zusammengefallen wirkte –, über den Lauf der Dinge und deren letzten Stand. Sie sagte, typisch Frau: »Wie schwer er es doch gehabt haben muss!«

Der Hübsche sagte gar nichts. Nur Frauen haben diese Form der Nachsicht gegenüber Leuten, die versuchen, sie zu ermorden.

Dann ging ich – der Geier – zum Bladet. Der Geier schrieb seinen Artikel. Dem Geier wurde die erste Seite versprochen. Der Geier bekam eine Zigarre. Der Geier hatte sich etwas Aas für den nächsten Monat ergattert.

Als ich zurück nach Vesterbro ging, fühlte ich rein physisch die Paranoia. Jedes einzelne Gebäude strahlte Paranoia aus. Jeder einzelne Mensch signalisierte seine persönliche Paranoia. Mir wurde klar, dass Jürgens Recht hatte, jedenfalls in einem Punkt.

Die Großstadt ist auf Paranoia gegründet.

Es kam mir vor, als fühlte ich die Cholera-Au unter meinen Füßen fließen.

Reine Hysterie, sicherlich.

Aber auf dem Weg zu meiner Verabredung mit »meiner Liebsten« – eine Verabredung, die sehr genau eingehalten wurde – dachte ich trotzdem fast ernsthaft über ihren – oder ihres Vaters – Vorschlag nach.

Das Leben in diesem Viertel erinnert zu sehr an einen Ragtime. Refrain für Refrain gleichklingend, vorwärtstreibend, unabwendbar, einem Wellenschlag gleich, andauernd, sodass man nach einiger Zeit glaubt, man habe sich gut darin eingerichtet.

Und dann plötzlich ein scharfer, schriller, disharmonischer, abrupter Akkord – und das Ganze ist vorbei.